CASSANDRA 2

Unter der Folter des Lebens

Impressum:
© Maria Nord, 2018
Coverherstellung: Rainer Stecher
Lektorat: Rainer Stecher
ISBN: 9783746012858
Herstellung & Verlag
BoD – Books on Demand, Norderstedt

Danksagung

Ich möchte mich mit meinem biografischen Roman „*Cassandra: Unter der Folter des Lebens*" bei meinem Sohn Miros-lav Berky bedanken, dass er immer für mich da war und ich mich immer auf ihn verlassen konnte. Ich bin stolz eine gute Mutter zu sein, denn in dir sehe ich, was ich in meinem Leben richtig gemacht habe.

Herrn Rainer Stecher danke ich für das un-zählige Lektorieren meiner Texte und dass er mir über die Jahre hinweg zu einem wahren Freund wurde. Magdalena Ginova, meine Mam-jenka, danke ich dafür, dass sie mir gezeigt hat, wie stolz sie auf mich ist und wie sehr sie mich liebt. Weiterhin möchte ich mich bei allen Menschen bedanken, die als eine Lektion oder eine wunderbare Erfahrung in mein Leben ge-kommen sind. Nicht vergessen möchte ich meine Leser, denn euch habe ich es zu ver-danken, dass mein biografischer Roman „*Cassandra: Die Angst hat zwei Gesichter*" zu einem Bestseller wurde. Ohne euch würde es diese hier vorliegende Fortsetzung nicht geben.

Im Leben kommt es nicht darauf an, aus Trümmern Burgen zu bauen. Hab Mut zu einem kleinen Häuschen, in dem die Liebe wohnt und Wärme und dein Seelenheil!

Rainer Stecher

Vorwort

Liebe Leser! Mein Leben in die richtige Bahn zu lenken, daran habe ich jahrelang gearbeitet, allerdings meist ohne Erfolg. Jetzt habe ich die Chance dazu, vielleicht die letzte. Lange Zeit lebte ich wie auf einer endlosen Zugfahrt ohne ein richtiges Ziel, ohne eine Endstation. Ich wusste zwar immer, was ich wollte, nur die Umsetzung machte mir das Leben schwer. Ich lebte nicht, ich habe bisher nur überlebt!

Ich habe mir viel Zeit gelassen, dieses Buch zu schreiben. Das Manuskript blieb über drei Jahre unvollendet auf der Festplatte meines Laptops liegen. „Mir fehlt das Ende", spornte ich mich immer wieder an. Tatsache war aber, dass ich mich in den letzten Jahren unglücklich und verloren gefühlt und mein Glück von anderen Menschen für ein wenig Liebe abhängig gemacht habe. Außerdem fehlte es mir an Motivation, und ich hatte Angst, dass es nicht so gut werden würde wie der erste Teil „*Cassandra: Die Angst hat zwei Gesichter*". Alles zusammen betrachtet hätte das anfängliche Manuskript eigentlich mit meinem Tod enden müssen. Doch heute weiß ich es besser. Eine solche Dramatik gehört weder in mein Leben noch in meine Bücher. Aber so ist nun mal das Leben, es gibt immer Höhen und Tiefen. Und mein Leben hat sich zum Guten gewandelt: Eine erfüllte Liebe ist hinzugekommen, die Liebe zu mir selbst, eine neue und sehr interessante Arbeit, die mich glücklich macht; und eine liebevolle und verständnisvolle Beziehung zwischen mir und meinem Sohn ist entstanden.

Manchmal denke ich noch an die Zeit zurück, als ich mit dem Schreiben des ersten Teils beschäftigt war. Ich glaubte damals nicht wirklich daran, dass es zu einer Veröffentlichung kommen würde, hatte ja auch keine Erfahrungen und niemanden, der mir schriftstellerisch zur Seite gestanden hätte. Trotzdem fand ich den Mut zum Schreiben, und dabei öffnete sich für mich die Tür zu meiner Buchstabenwelt.

Ich schrieb den ersten Roman für meinen Sohn Miro, aber vor allem für mich. Mit jeder Zeile habe ich mich von meinen quälenden Erinnerungen aus den Tagen der Vergewaltigung freigeschrieben, denn ich trug diese Last jahrelang mit mir herum wie ein mit Steinen beschwerter Rucksack, den ich nun abgelegt habe. Die seelischen Narben blieben aber zurück, denn die Dämonen dieses damaligen Martyriums wird man nur schwer los. Es ist allerdings die Frage, wie man mit ihnen umzugehen lernt, wie tief man sie noch in sein Leben lässt und welche Menschen einem hierbei helfen. Frauen, die Ähnliches erlebt und ihre Erinnerungen aufgeschrieben haben, werden mir sicher recht geben.

Nach dieser schweren Vergewaltigung (es war der 05. März 1990, als ich von fünf Männern entführt und am 15. März in das von meinen Peinigern geschaufelte Grab geworfen wurde) lebte ich Jahr für Jahr in einer grauenvollen Fantasiewelt, der ich nicht entrinnen konnte und in der sich mir diese Tage wie eine endlose Filmschleife präsentierten.

Ich litt an PTBS (posttraumatische Belastungsstörung), der schwersten psychischen Krankheit, die es überhaupt gibt. Allgemein ist sie unheilbar, doch ich glaubte an ein Wunder. Und da mir schon so viele passiert sind, habe ich meine Genesung als Wunder betrachtet. Aber bis dahin war es eben noch ein weiter Weg, denn mit jedem ersten Schnee kamen die Erinnerungen zurück. Das war, als würde man 25 Jahre in einem tiefen Schlaf verbringen und nur zur Winterzeit geweckt werden, um diesen traumatischen Horror noch einmal zu durchleben. Meine Psyche hat darunter extrem gelitten. Es war mir unmöglich, mich mit diesem Zustand gefühlsmäßig auseinanderzusetzen, ihn gedanklich zu verarbeiten oder gar zu verdrängen.

Andererseits wollte ich auch nicht bis zu meinem Lebensende ein Opfer bleiben. Also musste ich versuchen, mich von alldem zu lösen, mich freizuschreiben und die Erinnerungen in den Büchern ruhen lassen, wie ein Fotograf die Ereignisse der Zeit auf seinen Bildern festhält.

Vor zwei Tagen nun feierte ich mit meinem Sohn Miro, meiner Mutter, meiner Freundin Sieglinde, ihrem Mann, meinem Chef und guten Freund Jochen sowie anderen Freunden und lieben Bekannten in einem Restaurant meinen 40. Geburtstag. Ich hätte nie gedacht dieses Alter zu erreichen, denn ich war bis zu meinem 36. Lebensjahr dem Tod mehr zugeneigt als dem Leben. In dieser Zeit habe ich nämlich vier Mal erfahren müssen, was es heißt, klinisch tot zu sein. Leid war mir also vertraut, darauf konnte ich mich einstellen, damit konnte ich umgehen. Wohin mich mein Leben führen würde, das wusste ich allerdings nicht. Ich hatte nur ein Ziel: mein Versprechen gegenüber Anezka einzulösen.

In mir steckte mehr als ich dachte, ich musste es nur aus mir „herauskitzeln", musste mein Leben umgestalten, es beständiger machen. Aber das alles musste ich auch erstmal lernen. Und so suchte ich nach etwas, woran ich mich festhalten konnte: den richtigen Mann. Er sollte die wahrhaft ehrliche Liebe in sich tragen. Ich weiß, dass das nicht einfach ist und dass man als Frau so einen Mann nur einmal im Leben trifft – wenn überhaupt. Aber ich erinnerte mich immer wieder an meine geliebte Anezka und an mein Versprechen, kurz bevor sie verstarb, diesen Mann zu finden. Ich war da gerade acht Jahre alt. Doch nach ihrem Tod fühlte ich eine quälende Leere in mir. Ich bekam zwar viel Zuneigung, Begeisterung, Begierde und Bewunderung von Menschen, die mir nahe standen, aber das reichte mir nicht. Es fehlte mir eben diese ehrliche Liebe. Anezka hat mir diese Ehrlichkeit und Liebe gegeben, ohne dafür etwas zu verlangen. Sie ist mein Schutzengel gewesen, und das bleibt sie bis zu meinem letzten Atemzug.

Ich bin froh, dass es sie gegeben hat, denn sie liebte mich, so wie ich war. Kein Mann hat das je vermocht, bis ich mich am 05. März 2013 in einem Bordell in einen Mann verliebt habe, der mutig genug für mich war, mich seitdem in allem unterstützt, zu mir steht und mich liebt.

Seit meinem Versprechen gegenüber Anezka habe ich vierunddreißig Jahre suchen müssen. Aber wie ich die Liebe heutzutage erlebe, kannte ich sie nicht. Alle meine Beziehungen dauerten nicht lange, da ich mir die Liebe immer nur eingebildet habe. Sicher stellt sich jetzt die Frage, woher ich weiß, dass es jetzt der Richtige ist. Die Antwort ist: Ich weiß es nicht! Dennoch glaube ich daran, meine große Liebe gefunden zu haben. Mein Versprechen gegenüber Anezka habe ich eingelöst. Wie ich meinen Tobias kennenlernte und warum gerade in einem Bordell? Hm, dagegen ist „Pretty Woman" wirklich ein Scherz. Aber darauf komme ich später noch einmal zurück.

Jedenfalls bin ich im Januar 2015 zu meinem dritten Ehemann nach Kärnten gezogen und habe dort eine Ausbildung im energetischen Bereich begonnen, weg von der dramatischen Vergangenheit, von Rassismus, Krankheiten und Prostitution hin zu einer richtigen Ausbildung als Lebenslehrerin und Kartenlegerin. Wer sollte über die Vielseitigkeit und Härte von Lebenssituationen besser Bescheid wissen als ich – ein Zigeunerkind, das von der Oma das Deuten der Karten schon frühzeitig gelehrt bekam. Dies in Österreich ausüben zu können, das war eine ganz neue Erfahrung für mich, ein ganz neues Lebensgefühl. Und dabei erkannte ich, dass unser Leben eine Lehre voller Lektionen und Erfahrungen ist, die letztlich zum Glück führen, wenn wir uns von unseren Ängsten nicht beeinflussen lassen. Unsere Erfahrungen und Beziehungen schreiben die Kapitel unseres Lebens. Manche sind schön, andere nicht. Doch jede Einzelne prägt unseren Charakter, führt uns zur inneren Selbstfindung näher an unsere Seele heran, von der niemand weiß, wie sie aussieht. Sie könnte aus Licht bestehen oder ein Sonnenstrahl sein, der sich in unseren Augen widerspiegelt. Wer weiß das schon? Mein Licht strahlte sicher schon lange vor meiner Zeit, und ich glaube, dass es noch älter ist als „Cassandra", als der Beginn der Menschheit, sogar älter als die Sonne selbst.

Dann, am 08. August 2003, als ich während eines extremen epileptischen Anfalls, der sich „Grand-Mal-Anfall" nennt, ins Koma fiel und eine mehrwöchige schlimme Amnesie erfuhr, fand ich in dieser mir bis dahin völlig unbekannten „Welt" mein Licht. Viele haben diese Welt nie verlassen können, ich schon! Dieses Licht war die Botschaft eines unbeschreiblichen Friedens in meiner Seele. Eine Botschaft, dass ich nur ein junger Körper bin, in dem ein L-ich-t ruht, das ich nach meiner Nahtoterfahrung bewusst wahrgenommen habe. Seitdem weiß ich, dass wir alle mehr sind als nur Körper aus Fleisch und Blut, denn wir haben eine spirituelle Seele, manifestiert durch dieses kleine fast unbedeutsame L-ich-t, und dass wir viel spiritueller sind, als wir uns das in dieser modernen Welt überhaupt zutrauen, besonders im Hinblick auf unsere Entscheidungen im Leben.

Ich weiß nicht, ob alle meine Entscheidungen immer richtig waren und ob ich stolz auf mich sein kann. Ich weiß nur, dass ich selbstkritisch auf mein Leben geblickt habe. Ich habe gelernt, mich selbst zu erkennen und mein Leben so zu meistern, dass ich heute für viele Menschen zu einem großen Vorbild geworden bin. Aber das war eben nicht immer so. Und deshalb schreibe ich in diesem Buch, dem zweiten Teil meiner Biografie, über Themen, wo die Gesellschaft gern wegsieht. Öffnen Sie sich beim Lesen Ihrem inneren Selbst, dem kleinen Licht in Ihrer Seele, denn es wird auch Sie zu wichtigen Erkenntnissen über Ihr Leben führen.

Prag, mein 41. Geburtstag

„Liebe", flüsterte ich und dachte an Gustav, der noch im Bett lag und schlief. „Nun habe ich schließlich doch noch die erhoffte Liebe gefunden!"

Es war der Morgen nach meinem 41. Geburtstag. Draußen war es kühl; die Sonne kam gerade über den schneebedeckten Dächern von Prag zum Vorschein. Gustav und ich hatten uns zu diesem Kurztrip entschlossen, dem ersten gemeinsamen überhaupt, und waren in einem Fünfsternehotel untergebracht. Zwei Jahre nach unserer ersten Begegnung, und diese Zeit war für uns beide sehr hart, hatten wir es endlich geschafft, ein offizielles Paar zu werden.

Ich stellte mich ans Fenster unserer Juniorsuite, nahm einen Schluck Kaffee, der mir aufs Zimmer gebracht worden war, zog noch einmal kräftig an meiner Zigarette, drückte sie aus und starrte dann nachdenklich auf die wunderschöne Stadt. Natürlich kamen mir auch die Erinnerungen ins Gedächtnis, als ich in Prag einen für mich nicht sichtbaren Auftragskiller für meine Vergewaltiger gesucht habe, aber ich wollte diese Erinnerungen nicht mehr an mich ranlassen und konzentrierte mich deshalb sofort auf etwas Positives. Ich dachte an die letzten paar Tage mit Gustav und empfand eine große Dankbarkeit für ihn, da er mir meinen größten Wunsch erfüllt hatte: ein gemeinsames Treffen mit meinem Sohn. Nach etwas mehr als drei Jahren konnte ich ihn endlich wieder in meine Arme schließen und zwei ganze Tage mit ihm und Gustav in Glück und Freude verbringen. Wir haben viel gelacht, ließen uns von alten Erinnerungen treiben, tanzten und machten all das, wonach uns eben war. Geld hat dabei keine Rolle gespielt, das war ein Geschenk von Gustav und seiner Mutter zu meinem Geburtstag. Es war jedenfalls das schönste Geschenk, das mir je gemacht wurde und für das ich bis ans Ende meiner Tage dankbar sein werde.

Im Licht der Morgensonne genoss ich die langsam aufsteigende Wärme in meinem Gesicht. Und diese Wärme spürte ich auch irgendwie in meinem Inneren. Es fühlte sich an, als wäre ich eingehüllt in eine Decke aus Glück, die die Dämonen meiner Vergangenheit verschwinden ließ. Ich weiß noch, einer der Dämonen hieß „Spitti". Sein tatsächlicher Name war Spitalsky. Ein anderer, und das war der schlimmste, hieß „Carlos", der aber in Wirklichkeit den Namen Miroslav trug. In meinem ersten Buch zu „Cassandra" musste ich seinen Namen ändern, um meiner Familie nicht zu schaden. Vor drei

Jahren erfuhr ich nun, dass dieser Miroslav als Letzter der beteiligten Vergewaltiger gestorben war, und zwar an Krebs.

Was für eine Ironie des Schicksals. Im Juli 1992 gab ich meinem Sohn diesen Namen, weil ich ihn in der Schwangerschaft fast verloren hätte und er sein Leben nur einem Spezialisten, der ebenfalls Miroslav hieß, zu verdanken hatte. Die nächste Parallele war, und das mutet schon fast lustig an, dass mein Sohn im Sternzeichen „Krebs" geboren wurde. In Bezug auf die Todesursache meines Peinigers könnte man deshalb durchaus die Frage stellen, ob das ein Zufall oder Fügung war.

In all den Jahren zuvor habe ich nur wenig über Miroslav, meinen Vergewaltiger, in Erfahrung bringen können, weil es mich im Grunde nicht interessiert hat, so sehr hasste ich diesen Menschen, der in Wirklichkeit schlimmer als ein Tier war. Nach dem, was er mir angetan hatte, lebte er noch viel zu lange – zumindest nach meinem Dafürhalten. Ja, man sagt: „Rache ist ein Gericht, das man am besten kalt genießt." Den Tod von Miroslav konnte ich aber nicht „genießen". Im Gegenteil, ich empfand tiefstes Mitgefühl für ihn, wie auch für meine anderen Vergewaltiger. Aber ich kann mir gut vorstellen, dass sie alle, auch Miroslav, in den letzten

Sekunden ihres Todes noch einmal meine kalten Augen vor sich sahen – Augen, die sie anstarrten, als sie mich in das ausgehobene Grab warfen und Erde über meinen fast toten Körper schütteten.

Nichtsdestotrotz hat Miroslav den Rest seines Lebens nicht weniger gelitten als ich in diesen zehn schrecklichen Tagen meines Lebens. Ich erfuhr es von Bekannten, obwohl ich es gar nicht wissen wollte. Sechs Jahre nach meiner Verschleppung lebte er mit einer Frau zusammen, die ihm ein Kind gebar. Dieses Kind wurde nicht mal ein Jahr alt, es ertrank in einem Pool. Als mir das zu Ohren kam, musste ich sofort an die Blechbadewanne denken, in der mir Miroslav die Pulsadern aufgeschnitten hatte.

Miroslav konnte diesen tragischen Unfall seines Kindes jedenfalls nie verarbeiten; er begann zu trinken und nahm später Heroin, um seinen Schmerz zu lindern. Einige Leser meines Debütromans sind nun sicher der Meinung, dass er dieses Schicksal verdient hätte. Ich wäre geneigt Ihnen zuzustimmen, andererseits starb aber ein Kind, das mit dieser damaligen Sache nichts zu tun hatte.

Ich habe selbst einen Sohn, auf den ich sehr stolz bin und über dessen Wohlergehen ich mich tagtäglich sorge. Egal was mir als 15-jähriges Mädchen angetan wurde, den Verlust des eigenen Kindes wünscht man nicht mal seinem ärgsten Feind. Und Miroslav hatte diese eine Frau, diese eine Beziehung, dieses eine Kind. Als ich mitbekam, dass seine Frau nach dem Verlust ihres gemeinsamen Kindes auch noch mit ansehen musste, wie sich ihr Mann mit Alkohol und Drogen zu Tode richtete und ihm am Krankenbett beistand, da verzieh ich ihm in Gedanken. In meinem Herzen konnte ich das aber erst, als meine Psyche gesundet war, als ich das negative „Karma" (die sich manifestierten körperlichen wie geistigen Folgen der dramatischen Vergangenheit) in mir endlich löschen konnte, dieses Buch schrieb und eine völlig neue Lebensrichtung einschlug.

Noch etwas müde lehnte ich mich in meinem weichen Polstersessel zurück und schloss die Augen. Meine Gedanken schweiften erneut in die Vergangenheit. Ich dachte an die Zeit, als ich mit 17 in die Prostitution eingestiegen bin und meinen Körper als Werkzeug benutzte, weil er mir unwichtig geworden war, beschmutzt. Es war eine Art „Rache" für die Vergewaltigung – schwer zu verstehen, ich weiß, aber ich wollte all den Schmutz und den erlittenen Schmerz auf die Männer übertragen, die noch kommen würden. Außerdem hoffte ich, dadurch meinen Körper irgendwann wieder mögen zu können, normal zu empfinden.

Als ich 18 war, kam mein Sohn Miro auf die Welt. Ich war so glücklich, obwohl ich eigentlich noch viel zu jung war, um in diesem Alter Mutter zu sein. Nicht dass ich mich überfordert gefühlt hätte, aber einen guten Mann und Vater für mein Kind an meiner Seite hatte ich mir schon gewünscht. Auf Werner, den leiblichen Vater von Miro, konnte ich nicht bauen, der hatte seine eigene Familie. Außerdem hatten wir eine Abmachung, an die ich mich halten musste. Ich war damals allein und besaß zu viele seelische Baustellen, nicht nur in Bezug auf Beziehungen.

Die erste feste Beziehung ging ich 1997 mit H. P. ein. Im November desselben Jahres bin ich dann mit meinem Sohn zu ihm in das wiedervereinte Deutschland ausgewandert und habe ihn geheiratet. Doch lief das alles nicht so reibungslos ab, wie ich dachte. Was war geschehen?

Erste gescheiterte Ehe

Im Frühjahr 1997 saß ich mit meiner Freundin Simona in einem Café und genoss die ersten warmen Sonnenstrahlen. – Übrigens liebe ich den Frühling ganz besonders: die klare Luft, die Blütenpracht an den Bäumen und auf den Wiesen und die schneefreien Straßen und Plätze. Sie verstehen? – Na jedenfalls ließen wir uns zwei Latte-Machiato kommen und gerieten ins Plaudern. Simona wollte unbedingt wissen, warum ich die Beziehung mit Werner beenden wollte, obwohl er doch auf jeden meiner Wünsche eingegangen war und sie bezahlt hat.

„Ja, so ein Leben ist ein Traum für jede Jugendliche. Ich muss zu Hause nichts tun, sogar die Fahrt zu meiner Lehrstelle ist jeden Tag abgesichert", sagte ich zu ihr. „Werner bezahlt jeden Monat ein Taxiunternehmen, das mich zu meiner Lehrstelle und wieder nach Hause bringt. Ich besitze eine sehr schöne Vierraumwohnung mit Luxusmöbeln und teuren Designerklamotten. Schau, sehe ich nicht aus wie ein Model aus dem Vogue-Katalog!? Obwohl wir nur auf einen Kaffee gegangen sind, habe ich mir ein sehr elegantes Chanel-Kostüm im rosafarbenen Ton angezogen, das mir Werner aus München mitgebracht hat: natürlich aus der neusten Kollektion. Meine Manolo-Schuhe, die in meiner Heimat so teuer wie ein Kleinwagen sind, machen meine Füße so elegant, dass ich mich darin wie ein Supermodel bewege. Doch was ist so ein scheinbar schönes Leben wert, wenn ich trotz all der super Geschenke nur die zweite Geige spiele? Hat es mich stolz oder gar glücklich gemacht? Nein! Ich fühle mich immer noch wie eine Hure, weil ich ihm nicht vertrauen kann, ihn nicht liebe. Ich bin Werner für alles dankbar, doch das ist nicht das, was ich einmal meiner Anezka versprochen habe. Jedes Mädchen in meinem Alter würde mich darum beneiden. Ich spürte diese Missgunst auf Schritt und Tritt. Es hat zum Beispiel nur selten einen Anlass gegeben, zu dem ich ohne Taxi hin bin. Zum einen aus Angst meinen Vergewaltigern zu begegnen und um dem Neid der Anderen aus dem Weg zu gehen. Außerdem kann ich keinen Führerschein machen, da ich Epileptikerin bin. Und für all das Schöne in meinem Leben muss ich obendrein noch Diskretion bewahren, denn Werner hat genau betrachtet zwei Familien. Seine Hauptfamilie in Augsburg, insbesondere seine Frau, mit der er seit 22 Jahren verheiratet ist und in Deutschland mehr Zeit verbringt als mit Miro und mir, hat keinen Schimmer von uns. Miro ist nur mein Sohn! Und ich habe allen

Grund, das so zu sehen, denn Werner verhält sich nicht wie ein Vater, er zahlt nur. So war die Abmachung. Mein Junge hat also nur mich und meine bescheuerte Zigeunerfamilie. Er wird niemals seine deutschen Tanten oder gar seinen Halbbruder kennenlernen. Und Werners Geld ist für mich eine Art Schweigegeld", betonte ich und merkte, wie traurig mich diese Tatsache machte.

Simona schlürfte indes weiter an ihrem Kaffee und schaute dabei kurz auf ihre Uhr. Sie unterbrach meinen Redefluss nicht, als ich ihr von meiner Traurigkeit erzählte. Ich merkte, dass sie sehr an unserem Gespräch interessiert war und noch mehr erfahren wollte. So fuhr ich fort: „Werner besucht schon lange die Tschechische Republik, wo er eine Produktionsfirma für Metall gegründet hat. Neben dem Bahnhof stellt er in einer Halle Rohre aus Edelmetall her, die dann in Deutschland für den Kaminbau verwendet werden. Sicher ist das ein super Geschäft, sonst könnte er sich bestimmt nicht zwei Familien und somit zwei verschiedene Leben leisten. Aber so ist es für ihn auch einfacher eine Ausrede zu haben, um mich regelmäßig zu besuchen. Mein Sohn geht in den Kindergarten und ich lebe nach außen hin ein super Leben. Werner kommt immer dienstags und fährt am

Donnerstag nach Augsburg zu seiner Hauptfamilie. Ich treibe mich dann von Donnerstagabend bis Sonntagfrüh in verschiedenen Diskotheken rum, da ich nur beim Tanzen das Gefühl verspüre zu leben, während sich das Kindermädchen um unseren Sohn kümmert. Davon abgesehen kann und will ich meinen Albträumen in den Wintermonaten keinen Raum geben, also gehe ich im Winter erst zu Bett, wenn es draußen hell wird, so wie es Vampire in einem Gruselfilm tun. Niemand weiß von meinen Ängsten, nicht einmal mein Sohn. Ich gönne meinem Körper bestenfalls vier Stunden Schlaf, denn ich habe ein Baby, das versorgt werden muss. Außerdem brauche ich für Miro viel Zeit und Liebe zum gemeinsamen Spielen. Das Kindermädchen bleibt deshalb immer nur so lange bei uns, bis ich wach werde, dann überlässt sie mir die Aufgaben. – Ich bin perfekt im Tarnen und Täuschen, du kennst mich gut. Oft schäme ich mich dafür, dass ich nach dem Aufwachen noch nach Alkohol rieche, was ich dann sofort mit einer Handvoll Kaugummis versuche weg zu bekommen. Natürlich will ich nicht meinen Sohn als Alkoholikerin erziehen, doch meine dämonischen Depressionen sind stärker als mein Wille. Im Grunde müsste mir das Jugendamt mein Kind wegnehmen, denn ich bin keine gute

Mutter, und das ist das Problem. Aber ich will es werden. Doch so, wie ich momentan lebe, ist das einfach nicht drin. – Ja, Simona, alles scheint nach außen hin perfekt, aber das ist es in Wirklichkeit nicht. Aber das ist schon ok so, denn für eine feste Beziehung bin ich eh nicht bereit, nicht mit Werner. Allerdings habe ich es so satt, nur ein Sexobjekt zu sein. So komme ich aus meinen Albträumen niemals raus. Jedes Mal, wenn ich Sex habe, fühlt sich das wie eine Selbstvergewaltigung an."

Ich brach in Tränen aus: „Ich liebe Werner, weil er so intelligent und gutmütig ist. Ich hasse ihn, weil er ein Mann ist und nur mit dem Schwanz denkt. Letztens hatten wir Sex, obwohl ich unter hohem Fieber stand. Wie kann ein Mann Bock auf eine Frau haben, die so heiß ist wie ein Kachelofen?"

„Vielleicht genau deswegen. Du bist nun mal total heiß", entgegnete Simona mit einem verschmitzten Lächeln. „Wenn ich ein Kerl wäre, hätte ich auch gern gewusst, wie du im Bett bist." Sicher wollte sie die Situation damit etwas auflockern, was ihr auch ein wenig gelang.

„Etwas fehlt", fuhr ich fort. „Nur weiß ich nicht was, und das macht mich unglücklich. Jedenfalls ging das bis zum letzten Weihnachtsfest so. Glaubst du, dass Miro da seine Weihnachtsgeschenke ausgepackt hat? Ich habe ihn angefleht, doch der kleine Spunt sah mich nur an und begann zu weinen: ,Ich will doch, dass Papa sieht, wie ich mich über die vielen Geschenke freue.' Vierzehn Tage lang hat er damit gewartet. Erst als Werner eintraf, hat er sie mit ihm gemeinsam aufgemacht. Mein Herz könnte jetzt noch zerspringen, wenn ich an Miros Gefühlsausbruch denke", sagte ich zu meiner Freundin, während ich mich bei ihr ausheulte. „Ich will doch wie jede Mutter nur das Beste für mich und meinen Sohn. Dass Werner Geld hat, ist zwar schön – er ist auch als Mensch toll und immer gut zu mir, aber das reicht mir nicht auf Dauer. Wir sind eben keine richtige Familie, und das macht mich von Tag zu Tag trauriger. Wie soll mein Junge glücklich aufwachsen, wenn er für Werner immer nur das ungewollte Kind ist, der Hurensohn?"

„Was willst du denn machen? Sei nicht blöd, nimm ihn doch erstmal richtig aus. Pack dir die Kohle auf ein Konto, dann kannst du dir immer noch den Richtigen suchen."

„Nein, ich bin jetzt 23 Jahre alt, fünf Jahre lang habe ich nichts gespart. Warum soll sich jetzt was ändern? Jeder nutzt mich aus, das bin ich gewohnt. Ich will dagegen niemanden ausnutzen, denn ich weiß, wie sich das anfühlt – ich bin einfach zu blöd. Ich will ihn nicht abzocken, das wäre unfair. Er hat genug für uns getan, vor allem für mich."

„Du wärst blöd, wenn du das nicht machen würdest. Du musst doch nur sagen, dass du Geld benötigst, dann gibt er es dir doch."

„Du hast recht, ich bin blöd. Aber ich bin wenigstens ehrlich, und das soll in Zukunft so bleiben. Das habe ich schließlich Anezka versprochen, und daran werde ich mich mein Leben lang halten. Ich bin blöd genug, um ... Nein, Simona! Weißt du was? Ich habe jetzt eine richtig blöde Idee." Ich hielt kurz inne und starrte auf den Parkplatz, der sich vor der Terrasse des Restaurants befand.

„Den Nächsten, der hier auf diesen Parkplatz kommt, werde ich heiraten. Ich besitze durch Werner zwei Immobilien, so arm gehe ich aus dieser Beziehung nicht raus. Wenn ich diese Immobilien verkaufe, habe ich über 500.000 Kronen. Das könnte ein guter Start in die Zukunft sein, da brauche ich Werner nicht noch mehr auszunutzen. Er hat genug gezahlt, mehr muss es nicht sein. Ich sehe das so ..."

In diesem Moment blieb mir fast die Luft weg. Eine laute Siebenhunderter Honda näherte sich, parkte vor dem Café und der Fahrer stieg von seinem Motorrad. Ich freute mich riesig, denn es besaß ein deutsches Kennzeichen. Im Grunde war mir schon seit langem klar, dass meine Zukunft, natürlich auch die meines Sohnes, nicht in der Tschechischen Republik liegen würde.

„Das Schicksal meint es doch noch gut mit mir", sagte ich zu Simona und lächelte sie an. „Mein Sohn wird in Deutschland leben."

Simona lachte nur und meinte, dass ich rumspinnen würde. Natürlich war es jugendlicher Leichtsinn, der mich zu dieser Idee verleitet hatte, doch ich war neugierig darauf, was für ein Gesicht unter dem Motorradhelm zum Vorschein kommen würde. Und als dieser fremde Motorradfahrer den Helm vom Kopf gezogen hatte, lachte Simona noch lauter.

„Wetten, dass du das nicht machst? Der ist mindestens sechzig", sagte sie und lachte nun so laut, dass die Situation für mich plötzlich zu einer Herausforderung wurde.

Ich fühlte Röte in meinem Gesicht aufsteigen, meine Hände wurden schweißnass und mein Herz klopfte schon ein wenig über dem Normalmaß. „Ok", sagte ich nach einer kleinen Pause des Luftholens, „wir wetten um eine Krone und um meine Vierraumwohnung, du kannst sie dann so lange nutzen, bis ich sie verkauft habe, dass du in spätestens einem Jahr, falls er nicht anderweitig verheiratet ist, auf unserer Hochzeit tanzt." Simona schaute mich an und lachte Tränen.

„Du bist verrückt, Stanja", entgegnete sie.

„Ja, bin ich", sagte ich, stellte mich neben unseren Tisch, rückte meine kleinen Brüste zurecht, zwinkerte ihr zu und sagte: „Attacke!" Dann tippelte ich schnell auf den fremden Mann zu, der sich gerade an einen freien Tisch gesetzt hatte und die Speisekarte studierte. Ich stellte mich neben ihn, als plötzlich der Kellner an meiner Seite stand. Ich bat ihn mit einem verführerischen Lächeln um Stift und Zettel, was er mir auch ohne weitere Fragen zu stellen sofort gab. Und während der Fremde seine Bestellung aufgab, schrieb ich meine Adresse und Telefonnummer auf den Zettel und wartete, bis ich seine Aufmerksamkeit hatte. Er sah hoch; seine Verwunderung war nicht zu übersehen.

„Wollen Sie mich heiraten?", fragte ich ihn kurz und schmerzlos, aber mit einem Lächeln, dem sich kaum ein Mann entziehen konnte. Ihn aber hatte ich schockiert, völlig aus der Fassung gebracht. Im ersten Moment fand er gar keine Worte, sicher glaubte er, eine Verrückte vor sich zu haben. Doch in der nächsten Sekunde fand er es recht witzig. Er grinste, fragte nach meinem Alter und ob ich einen Psychiater brauchen würde.

„Hier sind meine Telefonnummer und Adresse", sagte ich mit sicherer Stimme, ohne auf seine Frage einzugehen, denn dass ich ganz sicher einen Psychiater brauchte, ging ihn nichts an. „Wenn Sie wollen, kommen Sie mich nächsten Freitag doch mal besuchen."

Ich legte ihm den Zettel auf den Tisch, drehte mich um und ging zurück zu Simona. Natürlich vergaß ich dabei nicht, mit meinem Hintern sexy zu wackeln.

Simona saß indes fassungslos auf ihrem Stuhl und traute ihren Augen kaum, was ich da gerade getan hatte. Fast am Tisch angekommen holte ich ein paar Scheine aus meinem Portemonnaie, legte sie auf unseren Tisch und flüsterte Simona zu: „Das ist genau der richtige Zeitpunkt, um zu gehen: keine Fragen, keine Antworten, kein blödes Glotzen."

Simona und ich verschwanden, ohne uns noch einmal umzuschauen. Aber wir kicherten beide dann im Taxi, wie es junge Mädels eben tun, denn wir hätten nie im Leben gedacht, dass der Motorradfahrer auf so eine Anmache reagieren würde. Tja, Männer sind nun mal Männer, egal welcher Nation sie entstammen oder wie alt sie sind.

Eine Woche später, als ich mich mit meiner Mädchenclique gerade für eine Diskoparty zurechtmachen wollte, klingelte es an meiner Tür. Ich war überrascht, dass es so spät noch klingelte, und fragte mich, wer das sein könnte, denn alle Mädels aus meiner kleinen Hello-Kitty-Tussy-Clique waren bei mir. Wir tranken Champagner und waren bester Laune.

Simona machte die Tür auf und schrie vor Schreck meinen Namen. Ich war um sie so besorgt, dass ich im Nu hinter ihr stand. Als ich einen Mann sah, der mit gefühlten tausend Rosen vor seinem Gesicht etwas schüchtern vor meiner Wohnungstür stand, glaubte ich, mich träfe der Schlag.

„Stanja, das ist der Motorradfahrer, der Opa!", rief Simona. „Kein Wunder, dass er sein Gesicht hinter Rosen versteckt." Meine Freundin knallte ihm die Tür vor der Nase zu. „Das kannst du nicht machen, der ist doch viel zu alt für dich. Lass ihn gehen", meinte sie, während ich meine Hand auf den Lautsprecher der Klingel legte.

Simona ahnte nicht, wie sehr ich mein altes Leben satthatte. Ein Leben, das sich mit meiner Clique in Diskotheken abspielte, mit Tanzen und Trinken. Ich verdiente trotz Werners Geldzuwendungen mein eigenes Geld als Gogo-Tänzerin und gab es so wie es kam wieder aus. Ich schlief tagsüber, um abends wieder nüchtern zu sein. Dabei hatte ich kaum Zeit, mich um mein Kind zu kümmern. Mit 18 Jahren war ich definitiv zu jung, um Mutter zu sein, denn meine Bedürfnisse glichen denen eines Teenagers. Ich wollte alles gleichzeitig. Aber das funktionierte nicht, also hoffte ich auf mein Glück immer dort, wo es keins gab.

„Du wirst das bereuen. Den alten Sack wirst du nicht mehr los, wenn du ihn erstmal an dich rangelassen hast", prophezeite mir meine Freundin, als ich die Tür wieder öffnete. Ich bedankte mich höflich für die Rosen; vier Monate später saß ich neben diesem Mann im Trauzimmer auf dem Standesamt von Neukirchen im Erzgebirge. Vor der Trauung fragte ich ihn, ob er mich, trotzdem wir uns nicht richtig kennen würden, auch wirklich heiraten wolle. Er meinte nur, dass wir uns in unserer Ehe kennenlernen würden.

„H. P.", sagte ich zu ihm, „ich liebe dich nicht, aber wenn du damit leben kannst, sage ich da drin ja." Dann sagte ich „Ja!" und gab ihm mein Treueversprechen, was ich allerdings nicht einhielt, da ich es auch nach acht Jahren Ehe nicht gelernt hatte, ihn wirklich zu lieben. Simona bekam meine wunderschöne Wohnung und blieb darin ganze 20 Jahre. Auch die sexuelle Aktivität mit Werner übernahm sie. Und ich führte nun eine Ehe. Als Ehefrau fühlte ich mich natürlich wertiger als vorher, aber H. P. zu lieben, das schien mir dennoch unmöglich. Es war irgendwie Dankbarkeit, anders kann ich das nicht beschreiben, aber mit Liebe hatte das gar nichts zu tun.

Ich glaube nicht, dass man Liebe lernen kann. Sie ist plötzlich da und die Symptome sind unverkennbar. Dankbarkeit, Zuneigung oder Verständnis füreinander können wir in einer Partnerschaft erlernen, das ist so sicher wie das Amen in der Kirche, doch das wunderbare Gefühl der Liebe nicht. Ja, ich lernte viele Arten von Zuneigung kennen, doch die wirkliche Liebe erlebte ich an einem Ort, an dem ich es niemals für möglich gehalten hätte, und dann auch noch zu einem Zeitpunkt, als ich es nicht mehr wollte. H. P. liebte ich nicht. Diese Ehe war für mich nur ein Deal, so wie mein ganzes Leben bis vor drei Jahren ein großer Deal gewesen ist, wo ich immer in irgendwelche Abhängigkeiten geriet und Kompromisse eingehen musste, um zu überleben. Aber damals in Sachsen gab es Sicherheit für mich und meinen Sohn, und es gab einen Ersatzvater, auf den mein Sohn nicht warten musste, dass er irgendwann Mal nach Hause kommen würde. Meine Dämonen waren nicht mehr in meiner unmittelbaren Nähe und, das war ein weiterer Vorteil dieser Ehe, ich wohnte nur zwei Stunden Autofahrt entfernt von meiner tschechischen Heimat. Ich hätte also meine Familie und Freundinnen besuchen können. H. P. hatte mir dieses Besuchsrecht versprochen, aber nie eingehalten.

Diese Ehe stellte sich bald als Fehler heraus, denn sie war in den acht Jahren für mich nur ein goldener Käfig. Doch so zu leben, dem hatte ich mit meinem Eheversprechen nicht zugestimmt. Ich wusste, dass es nur eine Frage der Zeit sein würde, um diesen Fehler zu korrigieren und dem goldenen Käfig zu entkommen – wie auch meinen Dämonen, die mich mit jedem ersten Schnee fanden und erst losließen, wenn die Maiglöckchen blühten. Natürlich belastete diese Tatsache meine Ehe enorm, denn H. P. wusste von alldem nichts. Das war mein großes Geheimnis. Vielleicht spürte er, dass etwas Unausgesprochenes zwischen uns stand, ich weiß es nicht. Jedenfalls gab es immer wieder Streit zu Hause, wodurch sich auch meine Depressionen verstärkten.

H. P. wurde sehr streng zu mir und meinem Sohn. Er hatte selbst zwei Söhne, die in unserem Haushalt lebten. Der Ältere war nur drei Jahre jünger als ich, der Zweite fünf Jahre. Ich war für seine Söhne keine Stiefmutter, mehr sowas wie eine ausländische Adoptivschwester. Eine Zigeunerschwester, die Sex mit ihrem Vater hatte, einen goldenen Ehering am Finger trug und seinen deutschen Nachnamen angenommen hatte. Als Ehemann war er für mich also kein geeigneter Partner, da neben den bereits beschriebenen Aspekten auch der 30-jährige Altersunterschied zu groß war. Alles zusammen machte unsere Ehe zu einem täglichen Kampf. So war es vorauszusehen, dass diese Beziehung auf Dauer zeitlich begrenzt sein würde.

Natürlich gab es in unserer Ehe auch schöne Zeiten, sonst hätte ich es nicht acht Jahre lang bei H. P. ausgehalten. Ich liebte zum Beispiel die Ausflüge mit seinen Falken. Er zeigte mir, wie elegant diese Greifvögel waren, und das nicht nur im Flug. „Wild bleibt wild", meinte er, und ich sah in seinen Augen immer die Faszination für das Unzähmbare. Kein Wunder, dass er sich für mich entschieden hatte, wenn er so ein wildes Verhalten bewunderte. Aber auch bei mir war es damals so wie bei einem Wanderfalken. Man kann mich nur halten, wenn man sich liebevoll um mich kümmert. Ohne Liebe vergeht alles, sogar ein Kaktus, dem man sehr lange Zeit kein Wasser gegeben hat. Und wenn ein Falke von seinem Falkner kein Fressen bekommt, wird er erst sehr aggressiv, dann verlassen ihn die Kräfte, dann stirbt er. Wenn er aber die Möglichkeit bekommt, noch vor dem

Tod davon zu fliegen, ist er schneller weg, als das menschliche Auge sehen kann.

Dank H. P. konnte ich allerdings auch meine erste Tanzschule eröffnen, wurde an seiner Seite reifer, erwachsener. – Im Millenniumjahr 2000 habe ich ihn dann zunächst für einen Jüngeren verlassen. H. P. liebte mich aber so sehr, dass er das Verlassen werden nicht ertragen konnte und das Ausländeramt, das mir dann auch eine Frist zur Ausreise gesetzt hatte, über mein uneheliches Verhalten informierte. Fairerweise hätte er ja auch die paar Monate, die an meinem unbefristeten Aufenthalt fehlten, noch warten können. Aber er kannte sich mit den Gesetzen recht gut aus. Und so wurde diese Ehe für mich zu meinem ersten hasserfüllten Beziehungskäfig. Ich konnte nicht verstehen, was genau er noch an mir liebte, wenn ich ihn doch so sehr hasste. Egal was ich sagte oder machte, er wusste alles besser und kritisierte mich von Tagesbeginn, bis ich schlafen ging. Diese Klugscheißerei hasste ich am meisten, und genau das wiederholte sich in jeder danach kommenden Beziehung erneut.

„Wenn ich dich nicht haben kann, dann soll dich auch kein anderer haben!" Dieser Satz verstärkte meinen Hass und ließ mich immer wieder untreu werden. Ich dachte mir, jetzt erst recht, und hoffte, dass er aufhören würde, mich zu lieben. Aber es war nicht nur dieses ewige Drohen, nein! Man kann doch einer Frau nicht sagen, man würde sie lieben und sie dann mit seiner Liebe so erdrücken, dass sie keine Luft mehr zum Atmen bekommt. Niemand hat das Recht, mich zu besitzen.

Rückblickend muss ich mir aber auch eine gewisse Mitschuld einräumen. Ich war damals noch jung, mein Verhalten H. P. gegenüber entsprach manchmal dem einer Tochter.

Und als ich merkte, dass er mich zu erziehen versuchte, obwohl ich längst eine erwachsene Frau war, begann ich zu rebellieren. Ich wollte doch nicht viel, nur eine glückliche Familie und einen Mann, der mich so liebt, wie ich eben bin. Nicht so, wie er mich gern hätte. Diese Ansicht behielt ich bis heute bei. Wenn mich also ein Mann auf Dauer haben will, muss er mich ehrlich lieben und darf mir nicht das Gefühl geben, in seiner Liebe eingesperrt zu sein.

H. P. verwechselte die Ehe mit einem Knast. An manchen Tagen schloss er mich in seinem Haus ein und nahm mir den Schlüssel ab, damit ich ihn nicht verlassen konnte. Jedenfalls war es mir zunächst egal, ob ich mit meinem Sohn in die Tschechoslowakei abgeschoben würde, die Ehe war ohnehin ein Fehler gewesen. Andererseits bereute ich es, fremdgegangen zu sein.

Doch ich war jung und hatte es satt, einen faltigen Körper anzufassen. Ich brauchte Abwechslung, um nicht zu vergessen, dass ich noch eine junge Frau war. Und ich brauchte eine emotionale Liebe und eine sanfte Zärtlichkeit, die er mir mit seinem diktatorischen Verhalten (sogar im Bett ist das so gewesen) nicht geben konnte. Bereits nach drei Jahren Ehe fand ich ihn widerlich. Sein Schnauzer roch nach Butter und juckte mir beim Küssen in der Nase. Brr ... igitt! Außerdem war ich wieder in der Situation, wo ich mich als Hure fühlte. Ich musste mich opfern, damit mein Sohn in Deutschland aufwachsen konnte. Aber nach dem dritten Jahr in Deutschland, Miro besuchte da bereits die erste Klasse der Volksschule in Neukirchen, wäre es für meinen Sohn muttersprachlich gesehen schwierig gewesen, wieder in der Tschechischen Republik in die Schule zu gehen. Also gab ich schließlich nach und trennte mich von meinem jungen deutschen und hübschen Liebhaber. Ich bat H. P. um Verzeihung, kehrte zu ihm zurück und spielte weiterhin die Rolle der braven Ehefrau, zumindest bis mein Sohn Miro die Grundschule beendet hatte. Aber wohlgefühlt habe ich mich in dieser Zeit nicht. Meine Abneigung zu H. P. wuchs von Tag zu Tag mehr, und ich verheimlichte das ihm gegenüber auch nicht. Die

Folge war, dass wir uns oft stritten und dass Miro das logischerweise mitbekam. Das tat mir nicht gut und Miro schon gar nicht. Letztendlich hatte ich zu hoch gepokert. Diesen Preis, nur um ein geregeltes Familienleben zu haben, konnte und wollte ich eines Tages nicht mehr bezahlen. Deshalb packte ich im November 2005, kurz nach unserem achten Hochzeitstag, das Gewehr von meinem Mann, das unter meinem Bett lag, meinen Sohn, ein paar Sachen und meinen Hund in meinen roten „Honda Prelude", den ich zum Geburtstag geschenkt bekommen hatte, und fuhr davon. Was diese Waffe betraf, sie galt meinem Schutz. H. P. war Jäger und Ornithologe. Er besaß einen Waffenschein und hatte somit auch das Recht, diese Waffe zu Hause zu lagern. Doch ich hatte schon viel Schlimmes hinter mir und war darauf angewiesen, mich zu schützen: Wir hatten im letzten Ehejahr sehr schlimme Streitereien, deshalb traute ich ihm alles zu – mir allerdings auch.

Der Schritt, H. P. zu verlassen, war richtig. Allerdings muss ich ihm auch danken, denn mein Sohn hat viel von ihm gelernt, vor allem Disziplin, was sich aber erst viele Jahre später zeigte. Ich wollte immer, dass Miro zur Polizeischule geht. Wir haben gemeinsam vor seiner

Aufnahmeprüfung trainiert wie Spitzensportler. Er bestand sie mit Leichtigkeit, meinte aber dann, dass er lieber was Handwerkliches gemacht hätte, was mich nicht sonderlich überrascht hat. Miro schraubte nämlich lieber an Autos rum.

Manchmal denke ich noch daran, wie er mit sechs Jahren an Spielzeugautos herumgebastelt hat. H. P., der eine freie Werkstatt besaß, ließ ihn an einem ausgemusterten Trabant rumschrauben. Miro liebte es, das Auto auseinanderzunehmen und wieder zu „reparieren", was natürlich keine wirkliche Reparatur war. Auch wenn mein Exmann, der meinen Sohn nie gemocht hat, den Trabant eines Tages vom Hof verschwinden ließ – womit es einen weiteren Grund der Enttäuschung gab – und ihm somit die Möglichkeit nahm, seinem handwerklichen Hobby nachzugehen, nahm Miro dann eines Tages eine Lehre zum KFZ-Mechatroniker auf und bestand diese. Ich war so unendlich stolz auf ihn, als er mir seinen Abschluss zeigte. So hielt also das Schlechte in meiner Ehe letztendlich noch was Gutes für meinen Sohn bereit.

Burg bei Magdeburg

Ja, die Ehe mit H. P. war eine bittere Lektion. Ich hasste ihn für alles. Nach den unzähligen Auseinandersetzungen musste ich sogar in einem Frauenhaus Schutz suchen. Dennoch versuchte ich so lange wie möglich das Beste daraus zu machen und durchzuhalten, bis es für uns alle zu gefährlich wurde. Und dabei sagt man immer: „Aus Schaden wird man klug." Nicht so bei mir, bis ich Gustav kennenlernte. Bis dahin musste ich aber noch weitere bittere Lektionen erfahren, die sogar weit über die Grenzen meiner psychischen und physischen Belastbarkeit gingen. Die Gründe dafür waren vielfältig. Sie lagen hauptsächlich darin, dass ich mich von einer Beziehung in die andere stürzte, weil ich einen harmonisch ausgerichteten, liebevollen Mann für mich und meinen Sohn suchte. Doch ich fand immer nur Männer, die mich in ihren goldenen Käfig sperrten und die Schlüssel wegwerfen wollten. Andererseits aber lagen die Gründe auch in meinem Unvermögen, diese Männer zu lieben, da ich die Dämonen meiner Vergangenheit nicht los wurde und dieser Umstand immer wieder in Zank und Streit mündete, bis ich meine Koffer packte und ging. Niemand konnte mir helfen, denn diese Dämonen wurden für mich mit der Zeit zu einer Ausrede für alles. Keiner wusste, was mir genau fehlte. Heute weiß ich es. Vertrauen war es, vertrauen zu mir selbst und zu anderen. Niemand konnte sich auf mich verlassen, weil ich mir immer was beweisen wollte. Je mehr ich mich zum Beispiel anstrengte eine gute und treue Frau zu sein, umso weniger gelang es mir. Am Anfang jeder Beziehung machte ich für meine Partner alles, was sie sich wünschten – ich wurde ja auch so erzogen. Dennoch wünschte ich mir umgekehrt, dass auch sie für mich Opfer bringen würden.

Gewiss, Opfer gibt es nur im Krieg. Aber meine Beziehungen ähnelten gewissermaßen Kriegsterritorien, auf denen ich wieder und wieder um Liebe, Harmonie und Anerkennung kämpfen musste, denn ich fühlte mich nicht geschätzt, nicht verstanden und später fehl am Platz. Doch da es von meinen Partnern keine Opfer gab, reagierte ich nur noch temperamentvoll, und das meistens unüberlegt, sodass ich aus meinen Partnern immer Opfer machte: meine Opfer.

Egal wie sehr ich auch den Wunsch hegte, in einer dauerhaft glücklichen Beziehung zu leben, es war mir nicht möglich diesen Wunsch umzusetzen. Irgendwann musste ich einen „Plan B" entwickeln (die Flucht), denn ohne gegenseitiges Vertrauen gab es für meinen Partner und mich keine Chance auf eine gemeinsame Zukunft. Und wenn ich niemandem vertraute, konnte mir auch keiner vertrauen – logisch, denn ich war unberechenbar. Mein Vater sagte zum Beispiel immer: „Eine Zigeunerin ist wie ein ungezähmtes Pferd. Versuchst du es festzubinden, wird es um sich treten."

Es war also nur eine Frage der Zeit, wann ich meine Suche nach dem richtigen Mann fortsetzen würde. Dass schon der erste Versuch klappen würde, Kontakt zu einem anderen Mann aufzunehmen, hat selbst mich überrascht. Mir war aber auch klar, dass ich auf diese Art und Weise den Richtigen nicht finden würde. Aber wer nichts wagt, der kann auch nichts gewinnen.

Ich hatte mit der Zeit so viel Angst vor meinem ersten Mann und seinen Reaktionen, dass ich trotz des Risikos, dass er mir etwas antun würde, schließlich Plan „B" umsetzte. Ich kaufte mir nach einem heftigen Streit mit H. P., bei dem er mich auch körperlich angegriffen hat und ich die Treppe runtergestürzt bin, heimlich ein Handy, obwohl ich mit solch einer Technik damals kaum umgehen konnte, und fand darin einen „Live Chat". Es dauerte nicht lange und: Bingo! Ein Kerl, den mein schlimmes akzentuiertes Deutsch nicht störte, schrieb mir zurück. Wir tauschten drei Wochen lang Informationen aus. Ich empfand Sympathie für ihn. Er war Single, witzig und nur drei Jahre älter als ich. Auch er hatte einen Sohn, nur war dieser gerade mal acht Monate alt. In meiner Verzweiflung fragte ich meine neue Bekanntschaft (ich wollte nicht in meine Heimat zurück oder wieder ins Frauenhaus flüchten, da ich fürchtete von H. P. gefunden zu werden), ob ich zu ihm nach Burg bei Magdeburg kommen könnte. Ich teilte ihm auch mit, dass ich einen Sohn, einen Hund, einen ausgestopften Adler und ein Gewehr im Auto hätte, mit dem Gewehr aber nicht ins Frauenhaus fahren könne. – Jedenfalls war ich voller Panik und brauchte sofort Hilfe. Ich sagte mir, entweder Hop oder Top. Zu meiner Freude bat er mich, nach Burg zu kommen.

Kein Mensch auf der Welt hätte mir zugemutet, aus meinem Auto einen „Jet" zu machen. Ich bin auf der Autobahn nicht gefahren, ich bin geflogen, nur dass sich die Räder auf dem Asphalt befanden. Wäre ich MacGyver gewesen, hätte ich mir sicherlich aus Bleistiften und Kaugummis Flügel gebaut, um mit dem „Prelude" noch schneller voranzukommen, so eilig hatte ich es, von Neukirchen wegzukommen. Meine Verfolgungsangst war wie heißes Öl in meinen Adern. Ich fühlte mich von H. P. verfolgt, hatte

Angst um mich und das Leben meines Sohnes. Außerdem kreiste in meinem Kopf ständig die Frage, warum das Gewehr nicht im Waffenschrank gestanden, sondern unter meinem Bett gelegen hat. Wollte er mich umbringen? Immer wieder kamen mir seine Worte in den Sinn: „Wenn ich dich nicht haben kann, dann soll dich keiner haben. Tod scheidet!" Anezka hat immer zu mir gesagt: „Wer Angst hat, der hat auch einen Grund dazu." Also wenn mich H. P. auf der Flucht erwischt hätte, wer weiß, was dann alles passiert wäre. – Natürlich habe ich mich auf dem Weg von Chemnitz nach Magdeburg verfahren, aber irgendwann nach Mitternacht kam ich an dem mir noch unbekanntem Ziel an. Obwohl es schon sehr spät war, begrüßte mich Matthias' Familie sehr herzlich. Sie nahmen mich auf, als ob ich schon immer zu ihnen gehören würde. Die Mutter von Matthias, Renate, wurde eine Woche nach meiner Ankunft fünfzig und war die attraktivste Frau, die ich in Deutschland bis dahin kennengelernt hatte. Sie war schlank, hatte sehr gepflegte blonde Haare und schöne blaue Augen, und ihr Lächeln war ehrlich. Ich mochte sie sofort. Mein Gefühl täuschte mich nicht. Die Menschen in Matthias' Familie waren alle nett. Sein Bruder Marcel war ein Polizist, also hörte ich seinen Anweisungen genau zu und brachte am nächsten Tag das Gewehr von H. P. zur örtlichen Polizei. Allerdings wurden meine Ängste nun so stark, dass ich eine Serie von epileptischen Anfällen bekam. Ich krampfte mehrere Stunden im Wohnzimmer auf dem Teppich seiner Mutter. Das Blut strömte mir aus der Nase und sogar aus den Ohren. Ich trat weg und wachte erst auf der Intensivstation in Burg bei Magdeburg wieder auf. Ich wusste nicht mehr, wer ich war, wie ich heiße, nicht einmal dass ich einen Sohn hatte.

Die Ärzte bemühten sich, meine Anfälle unter Kontrolle zu bekommen, also pumpten sie mich mit starken Beruhigungsmitteln (Diazepam, Apaurin, Haloperidol) voll. Besonders „Haloperidol" hatte es in sich. Ich sah nur noch rosa Elefanten und war völlig Banane. Durch die Medikamente verschwanden zwar meine epileptischen Anfälle, in der Folge bekam ich dafür allerdings eine Amnesie.

Jedenfalls kam ich einen Tag nach meiner Anreise in Magdeburg ins Krankenhaus und musste dort acht Wochen verbringen. Nur um das noch einmal deutlich zu machen: Matthias kümmerte sich in dieser Zeit um meinen Sohn, wie ich es von seinem eigenen Vater oder von H. P. nicht kannte. Allerdings erfuhr ich das alles erst viel später, denn in der ersten Zeit meines Krankenhausaufenthalts konnte ich mich ja an nichts mehr erinnern. Schließlich war ich nicht umsonst in einer geschlossenen Abteilung untergebracht. Ich war für meine Umgebung und mich so gefährlich, dass man mich mehrere Tage in meinem Bett fixieren musste. Ich hatte so einen Dachschaden, dass ich in jedem Menschen, sogar in den Ärzten, eine Gefahr sah und hochgradig aggressiv wurde, um am Leben zu bleiben, denn ich glaubte fest daran, dass H. P. mich umbringen würde. Er hatte es mir ja deutlich gesagt: „Nur mit dem Tod kannst du diese Ehe verlassen." Deshalb drohte ich jedem, der mir nur ein wenig zu nahe kam. Einem Arzt zerriss ich seinen Kittel, als er meine Bronchien abhören wollte, und einer Krankenschwester biss ich in die Hand, als sie mir den Puls messen wollte. Ich glaubte in meine Psychose, dass jeder mit H. P. und den Vergewaltigern gegen mich arbeiten würde, um mich zu vernichten, dass alle Menschen Monster seien. Dabei merkte ich gar nicht, dass ich vor lauter Panik selbst zum Monster wurde, dass mich meine Dämonen wieder einmal gebrochen und in ihren Bann gezogen hatten. Meine jährlichen Erinnerungen waren also wieder real geworden, und der Schlafmangel hinderte mich, die Dinge um mich herum realistisch zu sehen.

Mein Exmann nutzte meine Ängste, um mich noch mehr einzuschüchtern, damit ich bei ihm bleibe. Bis heute verstehe ich allerdings nicht, warum er mich bei sich haben wollte, da er ja eh wusste, dass ich ihn nicht liebte und nur noch in Angst lebte. Ich war weder eine gute Ehefrau noch Mutter. Mein Sohn sah mich nur noch ängstlich und traurig; von einer versprochenen glücklichen Familie war keine Spur. Wieder erkannte ich, dass meine Träume so nicht wahr würden. H. P. zu verlassen und die Gefahr erneut posttraumatisch zu werden, das war eine gefährliche Mischung. Und somit befand ich mich in meiner eigenen Wahrnehmung in Lebensgefahr, gegen die ich mich wehren musste. Ich kämpfte mit mir selbst, um meinen Verstand nicht zu verlieren, fühlte innerlich unglaubliche Trauer und Angst und war hochgradig depressiv, umschlossen von kompletter Isolation.

Nach mehr als zwei Wochen – in der Zeit überlebte ich auch den klinischen Tod, da ich mich vollkommen in meinen Erinnerungen verloren hatte, also in mein schlimmstes Trauma verfallen bin und erst nach 10 Tagen diesem unrealen „Grab" entfliehen konnte – erinnerte ich mich langsam immer mehr an die Dinge meines Lebens, zum Beispiel, dass ich die Vergewaltigung überlebt hatte, dass ich mein Leben mal 'ne Zeit lang auf einem Bahnhof fristen musste und auf einer Bühne getanzt habe, bis hin zu der Tatsache, dass ich eine verheiratete Frau war, einen Sohn in die Ehe mitbrachte, die eine Tanzschule führte und auf der Flucht vor H. P. war.

Matthias zeigte in dieser Zeit große Stärke. Trotz aller Probleme, die er nun erstmal ohne mich zu bewältigen hatte, kam er täglich zu mir ins Krankenhaus. Seine Besuche wurden von Tag zu Tag länger. Zunächst waren es nur ein paar Minuten, später durfte er einige Stunden bleiben. Er zeigte mir Bilder von meinem 9-jährigen Sohn und erzählte mir täglich, wie es ihm ging. Matthias hatte Miro sogar umgeschult und seine Familie half ihm, wo sie nur konnte. Sie machten eigentlich Unmögliches möglich, obwohl sie mich kaum kannten. Bis heute bin ich Matthias und Renate für diese Unterstützung dankbar. Doch wie man so sagt: „Unter jedem Dach gibt es einen ... Ach!" Mit anderen Worten: In dieser Familie mochten mich alle, bis auf Saskia, die Schwester von Matthias. Saskia hatte einen großen Anteil daran, dass ich mich in dieser Familie irgendwann nicht mehr wohlfühlte. Sie betrachtete mich wohl als „Nestbeschmutzerin", die nicht in diese Familie gehörte. Sie war der Mutter gegenüber sehr undankbar, wohingegen ich mich für alles äußerst dankbar zeigte. Und so begann sie, mich um die Zuneigung der Mutter zu beneiden. Nur wenn sie etwas von mir brauchte, zeigte sie Interesse an mir, war freundlich oder schmeichelte mir, und das war von Beginn an so. Mit meiner spontanen Ehrlichkeit kam sie allerdings nicht zurecht, denn ich wurde nie müde ihr zu sagen, wie berechnend sie sei.

Vier bis fünf Wochen nach meiner Einlieferung ins Krankenhaus besuchte mich Matthias erneut, diesmal mit meinem Sohn. Ich ahnte, dass ich mich auf den nächsten wichtigen Abschnitt in meinem Leben vorbereiten musste: eine gemeinsame Lebensbeziehung mit einem Kerl, der für eine verrückte Frau alles in seiner Macht stehende tun würde. Er war ein guter Mann: fürsorglich, gutmütig, spontan, intelligent und warmherzig. Nur mich verstehen, das konnte er nicht. Aber all das erkannte ich erst viel später. Zunächst einmal wurde Matthias nach vier Jahren Beziehung zu meinem zweiten Ehemann. Ich wusste allerdings nicht, ob ich mich bei Matthias als Gefährtin und Mutter tatsächlich verwirklichen konnte. Wäre es so gewesen, wäre die Beziehung mit Matthias sicher nicht auseinandergegangen. Ich gab mir jedenfalls alle Mühe, den Anforderungen einer guten Gefährtin und Mutter zu entsprechen. Ich lebte so normal, wie es mir für meine Verhältnisse nur möglich war.

Ich arbeitete in der berühmtesten Knäckebrotfabrik Deutschlands, nebenbei half ich sechs Jahre lang ehrenamtlich mit, deutsche und ausländische Mädchen und Frauen in die Gesellschaft zu integrieren. Ich kümmerte mich um verloren geglaubte Schicksale, trocknete Tränen, half beim Übersetzen von Schriftstücken oder führte mit den Betroffenen einfach tröstende Gespräche. Ich versuchte jedem Menschen zu helfen, der Hilfe benötigte. Ich wollte ein guter Mensch bleiben, wie ich es vor langer Zeit einmal Anezka versprochen hatte. So wollte ich auch meine eigenen Probleme lösen.

Zudem liefen meine vier Tanzschulen in den Städten Ostdeutschlands recht gut. Auch wenn die Aufträge nicht viel Geld hergaben, aber ich konnte mich damit gut ablenken. Das Tanzen selbst machte mir nach wie vor viel Spaß. Ich fühlte mich dabei frei und konnte sein, wie ich war. Die Tanzfläche war der einzige Ort auf der Welt, wo ich mich hundertprozentig wohlfühlte. Dadurch stabilisierte sich mit der Zeit meine Psyche, und ich tat etwas Nützliches.

Kurze Zeit später, im Januar 2004, reichte ich die Scheidung von H. P. ein. Nach acht Jahren

Ehe wurde ich dann 2005 geschieden. Vorerst wollte ich von einer Hochzeit mit Matthias nichts hören. Ich hatte genug, wollte nicht mehr vertraglich an einen Menschen gebunden sein. Meine Angst vor einer weiteren Enttäuschung war einfach zu groß.

Natürlich hat es, wie in jeder Beziehung, auch bei Matthias und mir Höhen und Tiefen gegeben, aber wir hatten uns in diesen vier Jahren zusammengerauft. Ich war zufrieden. Im Grunde hatte ich alles, was ich wollte, und mein Sohn bekam dank Matthias die Familie, die ich mir für ihn gewünscht hatte.

In der ersten Zeit glaubte ich nur, Matthias zu lieben. Doch ich bin letztlich zu dem Ergebnis gelangt, dass ich ihn tatsächlich geliebt habe, ihm aber nicht vertrauen konnte. Im normalen Alltag wurde ich zum Inventar unserer Beziehung, denn in den meisten Fällen trafen er oder seine Familie die Entscheidungen und ich hatte mich unterzuordnen. So bekam ich beispielsweise eines Tages von Werner eine große Nachzahlung versäumten Kindesunterhalts, da er in der Zeit als ich mit H. P. zusammen war seinen Verpflichtungen nicht nachgekommen ist. Werner hatte mehr als vier Jahre lang keinen Cent Unterhalt für Miro gezahlt, und als ihn die Gerichte zur Zahlung verurteilten, zahlte er innerhalb von vier Monaten fast 16.000 Euro nach. Dieses Geld wurde einfach so in der Familie von Matthias verteilt. Zunächst galt dieses Geld nur als ausgeliehen, doch ich habe es nie wieder zurückbekommen. Und mein Sohn, für den es eigentlich bestimmt war, hatte gar nichts davon.

Matthias konnte nichts dafür, er war um mich, Miro und seine Familie überaus bemüht. Trotzdem fühlte ich mich immer mehr allein, ausgenutzt und unverstanden. Er sagte mir zum Beispiel mal: „Eine Frau wie dich, muss man sich leisten können." Schon merkwürdig, wie ich damals fand, denn als wir nichts besaßen, da hatten wir uns. Da hatte ich das Gefühl, alles würde passen. Und später, als wir alles besaßen (eine wunderschöne Dreiraumwohnung, ein großes Auto, ein gutes Einkommen und sogar einen Garten), haben wir uns verloren. Mir war also recht frühzeitig klar, dass ich mit der Hochzeit warten musste, dennoch war ich über diese sogenannte Normalität froh. Ich prüfte ihn aber auch mich, bis unserer Hochzeit nichts mehr im Wege stand. Und da Miros Jugendweihe nahte und um die Kosten für zwei Feierlichkeiten zu sparen, legten wir beide Termine zusammen. Vor dem Altar des Standesamtes Möser bei Burg gab ich ihm dann mein „Jawort", was, und das hatte ich schon vermutet, ein fataler Fehler gewesen war. Leider änderte sich unsere Beziehung nach der Hochzeit rasant. Sobald er mich auf der sicheren Seite hatte, verlor er mich auch schon wieder. Ich wollte ihn nicht enttäuschen und gab alles, was ich konnte, sogar sexuell.

Eines Tages schlug er mir vor, zur Abwechslung mal in einen Swingerklub zu gehen, und ich machte mit. Natürlich glaubte ich, für ihn langweilig geworden zu sein, aber gesagt habe ich nichts. Abwechslung sei doch nichts Schlimmes, meinte er. Und ich habe es uns gegönnt, obwohl ich das eigentlich nicht wollte. – Mein Gott, wie oft habe ich zu etwas Ja gesagt, obwohl ich ein deutliches Nein hätte sagen müssen. Aus heutiger Sicht kann ich das mit dem Swingerklub aber verstehen.

Wir besuchten also das erste Mal einen Swingerklub, und zwar im Schloss Milkersdorf in Brandenburg bei Cottbus. Es war ein sehr luxuriöser Klub; ich fühlte mich zu meiner Überraschung wohl. Die Damen waren sehr elegant, hübsch, sexy – und ich wurde eine von ihnen. In dieser Nacht, wir waren mit keinem Pärchen aktiv, wurde in mir die schlafende „Cassandra" geweckt. Ich merkte, wie mich die Männer und auch Frauen betrachteten, und fühlte mich dabei schön und wertvoll. Keiner spürte, dass ich eine langweilige Ehefrau geworden war. Es tat mir gut, anziehend zu wirken. Was mein Mann verlernt hatte, zeigten mir die Blicke der anderen. Mir schmeichelte es zwar, doch es gab niemanden, außer Matthias, mit dem ich sexuell aktiv sein wollte. Ihm gefiel dagegen eine Brasilianerin sehr gut, und das zeigte er mir auch. Ich fühlte, dass er mich nicht mehr so begehrenswert fand wie einst, und das hat mich sehr verletzt. Aber ich zeigte das nicht, sondern spielte die Rolle der „Cassandra", die für alles offen war. Und so begann das Ende unserer Ehe. Der Grund war ein ganz einfacher: Ich war nicht ehrlich und sagte ihm nicht, was ich wirklich wollte.

Nach dem Besuch im Swingerklub bat ich ihn jedenfalls, das nicht mehr zu machen. Doch er beharrte darauf und meinte, dass es einfach so geil gewesen sei, den anderen zuzusehen. Außerdem wäre es nicht schlimm, das noch mal zu probieren.

Auch wenn Männer da sicher anders ticken als Frauen, aber ein Mann darf seiner Frau sowas nicht vorschlagen, denn damit sagt er ihr indirekt, dass sie nicht gut genug ist. Trotzdem machte ich wieder mit, zog mich aber immer mehr in meine Gedanken zurück und spürte das Bedürfnis „Cassandra" zu sein: die starke Frau ohne Angst vor Risiken, selbst wenn die eigene Ehe der Preis gewesen wäre.

Matthias war der Meinung – ich weiß bis heute nicht, wie er dazu kam –, dass ich bisexuell sei und es ihn rattenscharf machen würde, mich mit einer anderen Frau im Bett zu sehen. Es ging aber im Grunde nicht um mich. Im Gegenteil, er konnte die Situation für sich nutzen und andere Frauen wie „Frischfleisch" behandeln. Swinger sind eben nur Fremdgeher mit Erlaubnis.

Wieder wollte ich einen Mann bestrafen, und wofür? Er hatte mir versprochen, mich zu lieben und zu ehren, nicht mich nach der Hochzeit zu übersehen, zu vernachlässigen. Als mein Sohn auch noch in die Pubertät kam, stritt sich Matthias mit ihm wegen Banalitäten, zum Beispiel weil Miro eine Schokolade aufgegessen hatte, die Matthias sich für später aufheben wollte. Für Matthias war das eine riesen Katastrophe, doch bei mir hörte da der „Spaß" auf. Wenn jemand am Essen geizt, dann ist er bei mir an der falschen Adresse. Ich hasste solche Situationen, solche Streitigkeiten. Sie erzeugten bei mir sehr unangenehme Reaktionen.

Matthias wurde mir immer unerträglicher. Zuhause war von Harmonie nichts mehr zu spüren, es gab nur noch Unruhe. Ich war lieber bei meiner ehrenamtlichen Tätigkeit als bei einem

Mann, den alles störte. Seine ständigen Launen machten meinen Alltag zu einer einzigen Tortur. Ich konnte das alles nicht mehr länger mitmachen – wobei ich öfter auch das Gefühl hatte, dass er mich betrog. Infolgedessen dachte ich immer öfter an eine Trennung. Und als ich ihm sagte, dass ich ihn verlassen möchte, gab er dem Ganzen nicht die Bedeutung, die zur Rettung unserer Ehe angebracht gewesen wäre. Zudem hatte sich Matthias' Familie von uns abgewandt. Sie gaben mir die Schuld daran, dass wir „unseren Spaß" in Swingerklubs gesucht haben. Ich habe mich einfach nur noch geschämt und geglaubt, wieder einmal versagt zu haben, auch wenn es rückblickend nicht so gewesen war. Und da hat es mir auch nicht geholfen, seine Familie damit umzustimmen, dass ich für Saskia, meiner Ex-Schwägerin, einen Kredit unterschrieb, den sie natürlich nie zurückgezahlt hat. Ich wurde am Ende dafür zur Kasse gebeten und geriet so auch noch in die Schuldenfalle.

Matthias hatte zu diesem Zeitpunkt einen gut bezahlten Job von meinem deutschen Schwager, der mit meiner Schwester in der Tschechischen Republik verheiratet war, angenommen. Er wollte dorthin übersiedeln, doch das war für mich und unser gemeinsames Leben die „Todeskugel". Ich bin ja nicht nach Deutschland gegangen, um 13 Jahre später wieder nach Tschechien zurückzukehren.

Aber Matthias nahm meine Meinung nicht mehr ernst. Er mietete in der Tschechischen Republik eine große Wohnung und ich sollte mit Miro nachkommen. Damit war ich aber komplett überfordert.

Auf nichts wurde mehr Rücksicht genommen, weder auf meine Bedürfnisse noch auf meine Meinung. Alles war Matthias wichtiger geworden. Da begriff ich endlich, dass auch er nicht der richtige Mann für mich war. Ich erkannte, dass ich mit ihm nicht alt werden würde und suchte als Ausweg die Flucht. Ich war so tief enttäuscht, dass ich einen endgültigen Schlussstrich zog und mit einem Mann durchbrannte, den ich auf einer Geburtstagsfeier kennenlernte. Diese Aktion nutzte ich, um die Tür hinter mir endgültig zu schließen.

Gewiss, Enttäuschungen und Verletzungen hat es auf beiden Seiten gegeben, aber ich folgte meinem Instinkt, zu meinem Schutz und dem von Miro. Ich war überzeugt, dass die Fortführung der Ehe mit Matthias, mit allem was da eventuell noch gekommen wäre, meinem Sohn und mir nicht gut getan hätte. Doch dank der „negativen Karmaaufarbeitung" kann ich allen diese verwerflichen Erfahrungen heute verzeihen: ihnen und mir selbst. Schon bald tauschte ich meinen Job in der Knäckebrotfabrik gegen einen um 2 Euro die Stunde besser bezahlten in einem Erlebnisdorfhotel. Da es aber finanziell überall fehlte, machte ich viele Überstunden. Ich rannte von einer Schicht in die andere, fand nur wenig Schlaf, aß unregelmäßig und dadurch auch ungesund und magerte immer mehr ab. Allerdings fiel mir das zunächst gar nicht so auf, weil das Abmagern ja ein schleichender Prozess ist. Was mir aber auffiel, war der massive Erschöpfungszustand meines Körpers. Die ausgeprägte Müdigkeit konnte ich mir zunächst nicht erklären und bin deshalb zum Arzt gegangen, der mich eingehend untersuchte ...

Diagnose Krebs

Ich erfuhr diese bittere Tatsache im November 2009, nur drei Tage nach einer Blutuntersuchung bei meinem Hausarzt. Auf dem Weg zum Arzt hatte es zu schneien begonnen und meine Dämonen machten mir an diesem Tag das Leben wieder einmal zur Hölle. Doch ich wusste noch nicht, dass mein Leben ein weiteres Mal so richtig aus der Bahn geworfen werden würde. In der Praxis sagte mir der Arzt dann, dass ich eine „chronische lymphatische Leukämie" und wahrscheinlich nur noch neun Monate zu leben habe.

Im ersten Moment war ich gar nicht fähig zu denken. Ich bekam so einen Tunnelblick und war ohne jedes Gefühl. Draußen wurde mir dann langsam das ganze Ausmaß dieser Diagnose deutlich. Ich dachte an die Chemotherapie, an möglichen Haarausfall, Erbrechen, Durchfall, blasse Haut, gerötete Augen und an ein langsames Dahinsiechen, das schlussendlich im Totenbett enden würde.

Ich war verzweifelt, nicht nur wegen des Karzinoms und der neun Monate, die ich noch zu leben hatte, sondern weil mein ganzes bisheriges Leben irgendwie dazu passte und ich nun jede Gelegenheit auf Veränderung verwirkt hatte. Blieb mir denn gar nichts erspart? Mir wurde im

Leben wahrlich nichts geschenkt, jede Art von Leid und Schmerz wurden mir abverlangt. Es war wie ein Balanceakt auf dem Drahtseil des Lebens, bei dem meine Dämonen entschieden, ob ich runterfalle oder nicht. Aber was haben die Dämonen mit meiner Krebserkrankung zu tun? Aus heutige Sicht, also energetisch-spirituell gesehen, ist Krebs eine Wut- und Hassreaktion, die sich über Jahre hinweg in meinen Zellen abgelagert hat. Da ich jedes Jahr mit dem ersten Schnee in tiefste Depressionen gefallen bin und viele antiepileptische Medikamente und Antidepressiva nehmen musste, die selbstverständlich etliche Nebenwirkungen in meinem Körper zur Folge hatten, war es kein Wunder, dass mein Körper auch noch physisch erkrankte.

Was blieb mir also anderes übrig, als weiter zu „balancieren", geprägt von Vergewaltigung, von Prostitution, Beziehungsängsten, der Unfähigkeit zu lieben, dem ständigen Kampf ums Überleben, den epileptischen Anfällen, einem kräftezehrenden Nachtleben und unzähligen Medikamenten in Kombination mit Alkohol, der für mich so selbstverständlich geworden war wie das Glas Wasser für einen Sportler. Und nun kam auch noch Krebs hinzu. Ich trug so viel Wut und Enttäuschung mit mir herum und fand einfach keinen Ausweg. Es war nur logisch, dass ich einmal so schwer krank werden musste. Und wie sollte es nun weitergehen? Ich wusste es nicht. Ich saß wieder einmal allein auf einer Bank im Park und war todunglücklich in meinen Gedanken versunken. Meine Tränen liefen mir über das ganze Gesicht und ich fragte mich: Gott, warum strafst du mich so? Was habe ich dir nur getan? Warum hab ich niemanden, der jetzt bei mir ist, meine Hand hält und sagt: „Hab keine Angst, wir schaffen das! Du wirst nicht sterben. Ich sorge dafür, dass du glücklich bist und wir zusammen alt werden!" Warum, Gott, gibt es für mich niemanden? Wie machen das die anderen Menschen, dass sie für immer zusammenbleiben, egal was kommt? Gott, bitte hilf mir, ich will nicht sterben! Gott hilf mir, dass ich glücklich werde! Gott hilf mir, ich habe so viel durchgemacht, es reicht! Es reicht! Es reicht!

Ich stand auf und ging zum Bahnhof. Ich weiß nicht wie lange ich auf einen Zug nach Magdeburg gewartet und warum ich mich ausgerechnet für diese Fahrt entschieden hatte, doch als er kam, setzte ich mich an einen Platz am Fenster, lehnte meinen Kopf gegen die zerkratzte Scheibe und starrte mit Tränen in den Augen vor mich hin. Ich habe Krebs! Meine Oma ist daran gestorben, und nun erwartet mich das gleiche Schicksal! Zum Glück bin ich Single, kein Mann muss mich zu Grabe tragen. Diese schlimme Erfahrung muss nur mein Sohn erleben. Tief in meinen selbstbemitleidenden Gedanken versunken stieg ich in Magdeburg am Hauptbahnhof aus und ging wie von jemandem gesteuert durch die Bahnhofshalle zu einem Taxi, obwohl ich jeden Cent sparen musste.

„Zum Dom", sagte ich, als mich der Taxifahrer fragte, wo er mich hinfahren soll. Ohne ein Wort mit ihm zu reden, bezahlte ich bei der Ankunft 10 Euro für die Fahrt und ging in den Magdeburger Dom hinein als wäre ich der einsamste Mensch der Welt. Am Eingang der riesigen Kirche nahm ich eine Kerze, bezahlte zwei Euro und ging in die Haupthalle, wo die mit Bleiglas verzierten Fenster und die Darstellung des gekreuzigten Jesus noch düsterer auf mich wirkten, als mir schon zumute war. Die Halle war überfüllt von Touristen, doch ich nahm von ihnen keine Notiz. Ich ging den Gang entlang, an den vielen Holzbänken vorbei, die den Gläubigen zum Beten dienten, und steuerte direkt auf das große goldverzierte Kreuz zu, das mittig auf einem steinernen Altar stand.

Das hölzerne Abbild von Jesus hing dort mit ausgebreiteten Armen und gesenkten Kopf und schaute mir „sinnbildlich" dabei zu, wie ich meine Kerze anzündete. Ich platzierte sie direkt unter seinen Füßen, die weit genug weg waren, um nicht Feuer zu fangen. Ich weinte und starrte abwechselnd mal in die Flamme und mal zu Jesus, bis mich jemand an der Schulter berührte.

„Das dürfen Sie nicht. Wir haben extra zwei große Tische für die Kerzen der Besucher ...“

„Ich darf alles“, unterbrach ich den Mann. „Ich habe Krebs und nur noch neun Monate zu leben. Mein Wunsch zu leben wird hier erhört, direkt hier!“

„Tut mir leid, aber Sie dürfen das trotzdem nicht“, erwiderte der Mann im schwarzen Gewand. Ich wusste sofort, dass es ein Priester war.

„Dann holen Sie den Chef! – Ja, holen Sie den Big-Boss, damit ich ihn fragen kann, warum ich nicht leben darf, warum ich so erdrückend viel ertragen muss, warum er mich so bestraft!? Bringen Sie Gott hierher, denn mit Menschen, die ihn in ihrem Leben nie gesehen haben, kann und werde ich nicht reden!“

„Kommen Sie“, sagte er, „wir nehmen Ihre Kerze und bringen sie dahin, wo sie hingehört!“

„Fasst du die Kerze an, dann zeig ich dir, was die Hölle ist!“, warnte ich mit einer Stimme, die ihn sichtlich erschrocken machte. „Ich habe einen Sohn, und der verdammte Gott muss mir jetzt mehr Zeit zum Sterben geben. Und das hier ist das Einzige, was ich jetzt machen kann: Eine beschissene Kerze anmachen! Ich frage niemanden, ob ich es darf, weil mich in meinem Zustand die Meinung anderer nicht interessiert. Wenn ich hier raus bin, können Sie die Kerze sonst wohin stellen. Jetzt bleibt sie aber hier, sonst schreie ich so laut, dass dieser Dom zusammenfällt. Ich tu es einfach, für mich und mein Kind, alles klar?"

„Gut, wir lassen sie hier stehen. Trotzdem möchte ich Ihnen sagen, dass Gott Sie nicht bestraft, er liebt Sie. Gott liebt alle Menschen. Er ist unser aller Vater. Und auch wenn Sie denken, er würde Ihr Leid nicht sehen – er ist dennoch bei Ihnen."

„Er ist ein Arschloch", entgegnete ich dem Priester wütend, ging an ihm vorbei und aus dem Dom raus, ohne mich noch mal umzudrehen.

Ich weiß auch nicht, ob er meine Kerze, die im übertragenden Sinne meinen Wunsch auf Leben an Gott weiterleiten sollte, auf dem Altar stehen gelassen hat. Mir war es egal. Ich habe sie trotzdem angezündet und meinen brennenden Wunsch zu leben somit symbolisch dargestellt. Aber ich musste mich jetzt der Realität stellen und hatte keine Zeit zu verschwenden, um mich mit so einem doofen Priester rumzustreiten, wo die Kerze zu stehen hat.

Jedenfalls ging mein Leben den Bach runter, alles brach irgendwie über meinem Kopf zusammen. Selbst meine Tanzschulen musste ich auf eine reduzieren, weil es in Magdeburg kaum Interesse dafür gab. Sachsenanhalt war zu der Zeit das wirtschaftlich schwächste Bundesland in Deutschland. Die Menschen besaßen für derartige Künste kaum Geld, was ich an den Einnahmen sehr deutlich spürte.

Außerdem begann mein Körper nun relativ schnell abzubauen. Doch ich musste funktionieren, da ich von Matthias gerade frisch geschieden war und es auch keinen Werner mehr gab, der mich finanziell unterstützen konnte. Also ging ich selbst für 4,21 Euro die Stunde arbeiten, was mir fast zum Verhängnis wurde. Werner, den ich seit meinem Umzug nach Deutschland 1997 nicht mehr gesehen hatte, war übrigens in der Zwischenzeit sehr schwer verunfallt. Er war von einem Dach gefallen, als er die Inspektion eines Kamins durchführen wollte. Ich habe seitdem nichts mehr über ihn erfahren. Seine Anwälte haben mich nur kurz informiert, dass er querschnittsgelähmt sei, dabei ging es auch um den Kindesunterhalt. Seltsam, genau vor solch einem Schicksal hatte er immer die größte Angst. Noch seltsamer war aber die Tatsache, dass alle meine Partner nach der Zeit mit mir auch ihre Schicksalsschläge bekamen. Lag das an mir? Habe ich sie mit den Enttäuschungen, die ich ihnen zugefügt habe, verhext? Oder war es das sogenannte „Resonanzgesetz des Universums"?

Meine an Krebs erkranke Oma sagte uns Kindern immer: „Wenn jemand einem anderen etwas Schlimmes wünscht, dann kommt es auf einen dreifach zurück." Sie sagte aber auch: „Wenn ein Mensch mehr Gutes als Böses tut, dann wird dies auf seinem Schicksalskonto gutgeschrieben und mit einem Wunder belohnt. Die Wunder müssen wir Menschen nur erkennen und schätzen." Ob da etwas dran ist, weiß ich nicht. Ich glaube aber ganz fest daran. Nur half mir das im Moment nicht, mit der Angst vor meinem Schicksal fertig zu werden. Ich hatte Krebs und war allein. Ein neuer Mann kam für mich nicht in Frage. Denn hätte ich zu diesem Zeitpunkt einen gefunden, dann hätte er mich schon nach wenigen Monaten zu Grabe tragen müssen, und das wollte ich weder ihm noch mir antun.

Ich erinnerte mich plötzlich, wann es mir zuletzt so mies gegangen war. Es war zu der Zeit, als ich noch keinen Sohn hatte, als ich selbst noch ein Kind war und nach meiner Entführung und Vergewaltigung aus dem Krankenhaus entlassen wurde. Damals, als ich wegen dieser Sache alles verloren hatte, als ich nicht wusste, wohin ich gehen sollte, als ich obdachlos wurde und auf einem Bahnhof ein paar Monate übernachten musste. Damals, als ich aus einem Mülleimer ein Hotdog essen musste, nur um nicht zu verhungern, als ich mir das Versprechen gab, eines Tages glücklich zu sein. Damals, als ich 16 Jahre alt war, das Leben noch vor mir lag und ich mich entschieden hatte in die Prostitution zu gehen, um meine Peiniger zu bestrafen, als ich ihnen Rache schwor.

Nun ja, damals war ich ebenso voller Wut und glaubte von Gott bestraft worden zu sein. Ich sah Parallelen zu meiner Vergangenheit und fragte mich im Zug nach Burg, warum diesem angeblich alles bestimmenden Gott dort oben dieses eine Trauma, das ich mit 15 erleben musste, nicht genügte.

Meine Schritte durch den kleinen Park hinter dem Bahnhof in Burg waren so schwer, als ob ich Zementblöcke an den Füßen hätte. Zu meiner Verwunderung kam später sogar die Sonne hinter den Wolken hervor, und ich hatte wieder einmal das Bedürfnis mich auf eine Bank zu setzten und nachzudenken.

Da Miro noch in der Schule war, hatte ich also genügend Zeit für mich. Außerdem war ich für die Nachtschicht eingeplant, sodass ich auch in dieser Hinsicht tun konnte, wonach mir war. Natürlich wäre es gescheiter gewesen, schnell nach Hause zu gehen und zu schlafen, aber wer will schon schlafen, wenn der Tod an seine Haustür klopft – ich jedenfalls nicht. Ich wollte die Zeit, die mir noch blieb, nutzen und das Leben um mich herum spüren, solange es ging.

Ich holte mir an einer Imbissbude ein Hotdog und eine Fanta und setzte mich unter einen großen Kastanienbaum auf eine grün gestrichene Bank. Und als ich mir dann vorstellte, dass ich Miro von der Diagnose CLL berichten muss, brach ich sofort in Tränen aus. Es war mir einfach nicht möglich mit dem Weinen aufzuhören, um rational denken zu können. Mein Kopf fühlte sich an, als ob er jeden Moment platzen würde. Ich dachte an Anezka, doch diese Gedanken waren nicht die richtigen. Ich wollte Anezka nicht in neun Monaten wiedersehen, egal wie sehr ich sie liebte. Ich wollte leben, wollte glücklich sein.

„Cassandra hilf mir! Hast du einen Plan? Du hast doch immer einen Plan." Ich rief die in mir fast vergessene „Cassandra", und seltsamerweise war sie auch sofort wieder da.

„Egal was passiert, die Medikamente sind teuer und die Chemo wird uns verunstalten, aber du wirst nicht sterben, denn wir haben noch eine Aufgabe zu erfüllen. Mach das, was so untypisch ist. Mach dein Leben zur Party, dann vergisst du deine Krankheit, dann wirst du ihr nicht verfallen. Wer weiß, vielleicht gibt es ein Wunder und du wirst wieder gesund. Und wenn nicht, dann hast zumindest noch neun Monate „richtig" gelebt. Geh anschaffen, verdiene richtig viel Kohle! Leiste dir, wonach dir ist. Hab kein Mitleid, kein Selbstmitleid, denn ist dieser Schicksalsschlag für dich bestimmt, dann sollst du zumindest ein schönes Grab mit einem Grabstein aus Marmor haben, einer tanzenden Frauenstatur darauf und einer schwarzen Tafel mit deinem Namen in goldener Schrift. Wenn du kein Geld hast, wirst du verbrannt. Wer soll dein Begräbnis denn bezahlen, wenn du nicht Geld heranschaffst? Dein Sohn etwa? Oder deine Mutter?"

Mir wurde klar, dass ich von nun an keine anderen Sorgen haben würde als mein Begräbnis. Wenn ich das meiner Mutter überlassen würde, müsste mein verstorbener Körper in die Tschechische Republik zurück: eine Horrorvorstellung. Überlasse ich es meinem Sohn? Bei diesem Gedanken brach ich erneut in Tränen aus. Nein! „Cassandra" hat recht, dachte ich. Nach 19 Jahren Abstinenz von der Prostitution werde ich wieder anschaffen gehen, um mir alles leisten zu können, auch mein Grab. Also entschied ich mich, alles hinter mir zu lassen und wieder dem Gewerbe nachzugehen, das ich am besten kannte. Ich wollte nicht darauf warten, dass der Tod mich langsam aufsucht. Ich wollte auch nicht in Krankenhäusern herumliegen, dahinvegetieren und ständig über mein Leben nachdenken.

Was soll's, mein kaputter Körper sieht doch noch nett aus, warum soll ich nicht wieder in einem Bordell arbeiten? Keiner weiß, dass ich Krebs habe. Außerdem habe ich Schulden, keinen der mich liebt und Miro ist mit seinen 17 Jahren aus dem Gröbsten raus. Auch ich musste mich in seinem Alter allein behaupten, nur mit dem Unterschied, dass ich da obdachlos war. Miro habe ich dagegen eine Zweiraumwohnung hinterlassen.

Ja, irgendwie hatte ich mein Leben satt. Alle Erfahrungen aus meiner Vergangenheit wiederholten sich. Ich fühlte mich in meinem Schicksal gefangen und besaß keine Kraft mehr, daran etwas zu ändern. Ich wollte einfach nicht mehr, und ich wollte meinem Sohn keine Belastung sein.

Bevor ich nach der Trennung von Matthias nach München ging, haben wir die Übereinkunft getroffen, den Kontakt vorerst abzubrechen und uns nur zu melden, wenn es uns gut geht. Klar, mein Sohn war erwachsen geworden, er wollte sich von mir „abnabeln", wie man so sagt, sich ein eigenes Leben aufbauen und mir damit die Möglichkeit geben, den Rest meines Lebens selbst zu gestalten. Deshalb fiel mir auch die Entscheidung nicht schwer, meinen Körper noch mal zu Geld zu machen. Eine andere Wahl hatte ich ohnehin nicht. Ich besaß keine richtige Ausbildung, keinen richtigen Beruf. Und Miro konnte ich so zumindest noch ein wenig mit Geld unterstützen. Insgesamt fühlte ich mich allerdings wie ein Versager, sowohl was mein Leben betraf als auch in Bezug auf meinen geliebten Sohn.

Ein Vorbild war ich für ihn damals nicht. Ich hatte sogar bei der Chemotherapie versagt. Zweimal habe ich sie über mich ergehen lassen. Als ich allerdings merkte, welche schlimmen Nebenwirkungen sie hervorriefen, stand meine Entscheidung fest. Ich konsultierte während der zweiten Chemotherapie einen Arzt, der mir von Marihuana und seiner heilenden Wirkung erzählte. Da ich nur noch 42 Kilo wog, ich behielt ja nichts mehr im Magen, sollte Marihuana meinen

Appetit anregen. Insgeheim hoffte ich, dadurch auch meinen Geschmacks- und Geruchssinn wiederzubekommen. Also brach ich die Chemo auf eigene Verantwortung ab und konzentrierte mich darauf, so viel Geld wie möglich zu verdienen, damit jemand mein Begräbnis bezahlen konnte. Mein Sohn Miro sollte das auf keinen Fall sein. So bin ich 19 Jahre nach meinem Ausstieg aus der Prostitution wieder ins „Rote-Milieu-Business" gegangen, mit Krebs in den Venen.

In diese Branche war es einfach, an Marihuana oder sogar härtere Drogen heranzukommen. Ich hatte allerdings bis zu meiner Krebserkrankung überhaupt keine Erfahrungen mit Drogen, geschweige denn einen Joint geraucht. Marihuana ist eine Naturmedizin, erst durch sie wurden meine Schmerzen gelindert und meine Psyche stabilisiert. Ich hatte aber kein Verständnis für den „leichtsinnigen Umgang" mit anderen Drogen. Ich wollte Geld für mein Begräbnis verdienen, extreme Drogen habe ich mir deshalb nicht angetan, worauf ich heute sehr stolz bin. In einem Bordell ist es außerdem gang und gebe, dass die Mädchen sich gegenseitig mit Drogen puschen. Koks, Ecstasy und andere Rauschgifte wurden natürlich auch mir oft angeboten, doch ich war von Alkohol und Zigaretten kaputt genug, und „Gras" reichte mir völlig, um mich nur so viel zu betäuben, dass ich wie eine Betrunkene wirkte, nicht wie eine Drogensüchtige. Außerdem war Marihuana für mich ein Heilmittel, das mir von meinem Arzt ja auch empfohlen wurde und mir das Leben gerettet hat.

Marihuana ist übrigens in den Niederlanden zugelassen, dort wird niemand für den Konsum in der Öffentlichkeit verurteilt, dort ist es ganz normal, dass die Menschen auf offener Straße oder in Cafés einen Joint rauchen, und keiner muss sich dafür schämen. Ich schämte mich immer, sogar wenn ich allein war und ein Joint rauchte. Ohne Marihuana hätte jedenfalls der Krebs über mich gesiegt. So aber bekam ich nach meiner ersten Therapie allmählich wieder Appetit und nahm zu, was zur Stärkung meines Körpers geführt und die Selbstheilung in Kombination mit einer Rückenmarktherapie und einer erneuten Bestrahlung gefördert hat.

Nach sieben Monaten, also etwa im Sommer 2010, galt ich von der „chronischen lymphatischen Leukämie" als geheilt, obwohl eine Streuung nicht ausgeschlossen wurde. Gefunden wurde zu dem Zeitpunkt zwar nichts, aber dieses „Damoklesschwert" hing trotzdem drohend über mir.

Marihuana hat aber nicht nur dazu beigetragen, mich vom Krebs zu befreien, der darin enthaltene THC-Wirkstoff hat zudem meine Depressionen gelindert und ich bin von den starken Medikamenten weggekommen. Ich habe alle Tabletten und Medikamente in den Müll geworfen. Alkohol trank ich nur noch beruflich, denn an jeder verkauften Champagnerflasche verdiente ich gewisse Prozente. Das war für mich ein sehr lukratives Geschäft. Es gab also für mich kein Mitleid, keine Trauer, keine Sorgen. Ich lebte von nun an wie auf einer Dauerparty mit ständigen „One-Night-Stands". Für den Straßenstrich war ich mir allerdings zu schade, denn ich war intelligent und hübsch genug, einen Job im besten Nachtklub von München zu bekommen.

Dieser Klub war ein Haus der Superlative, die „Oberliga" sozusagen. Hier verkehrten nur gut betuchte Kunden: Prominente, Sportler, Richter, Superstars. Das war die Adresse, wo ich mich für nichts schämen musste, und doch tat ich es, denn ich war eine Hure und verkaufte meinen Körper, egal was ich für die Männer darstellte.

In diesem Klub hatten die Frauen nur die Aufgabe, und das war für diesen Job eine Voraussetzung, gut auszusehen, unterhaltsam zu sein und gute Manieren zu haben. Wir hatten sogar eine Hausdame und eine Putzfrau, die sich um unser Wohl kümmerten. Das Essen kam auf Bestellung und meine Unterkunft war kostenfrei, also hatte ich auch in dieser Hinsicht keine Ausgaben. Nur um Kosmetik, schicke Kleider, High Heels und meine Frisur musste ich mich selbst kümmern, das gehörte ja zu meiner Arbeitsbekleidung. Aber das war ok, denn ich verdiente dort in einer Woche ohnehin so viel Geld wie in der Knäckebrotfabrik in zwei Jahren nicht. Außerdem sprach ich fünf Sprachen, war schlank wie ein Model, passte in Kleiderkonfektion 32/34, hatte immer ein bezauberndes Lächeln im Gesicht, aß nur Gourmet, trank Dom Pérignon und trug Chanel und Prada. – Wenn ich das jetzt lese, scheint mir damals alles so perfekt gewesen zu sein. Aber das war es nicht. In dieser Zeit war ich nicht eine Sekunde lang glücklich, auch wenn ich mich sehr schnell über Kleinigkeiten freuen konnte. Dazu muss ich noch einmal deutlich machen, dass Prostitution eine selbst gewählte Vergewaltigung ist – etwas, das man im Grunde nicht tun will aber tun muss. Und da hilft kein Geld der Welt, es anders zu betrachten. Jede Hure weiß, dass sie in ihrem Leben irgendwann versagt hat. Und egal wie hoch die Summe für ihren Service ist, der Preis, den sie dafür bezahlt, ist viel höher. Unbezahlbar! Eine Prostituierte ist eine Frau, die alles verloren hat, vor allem aber sich selbst.

Männer, die mich dafür bezahlten, dass ich ein wenig Zeit mit ihnen verbrachte, waren Typen, von denen jede normale Frau nur träumen konnte. Und dass ich dafür als Prostituierte bezeichnet wurde, störte mich damals nicht im Geringsten. Ich liebte niemanden, ich war niemandem was schuldig, ich machte niemanden traurig, ich machte nur einen Job. Mit dieser Einstellung verdiente ich Geld, aber darunter gelitten habe ich nicht. Mein einziger Schmerz war mein Sohn. Ich konnte nicht bei ihm sein und ihm hilfreich zur Seite stehen, wie es bei einem 17-Jährigen in jeder normalen Familie der Fall war. Er war komplett auf sich gestellt, und das tat mir höllisch leid, denn ich kannte dieses Gefühl nur allzu gut. Aber ich war gefragt und musste teilweise bis zu sechs Wochen durcharbeiten, deshalb war zum Beispiel ein Besuch bei ihm zeitlich gar nicht möglich. Meine Schuldgefühle machten mir diesbezüglich sehr zu schaffen, doch ich wusste, dass das Geld Miro zugutekommen würde, und das beruhigte mich sehr. Außerdem spielte sich mein Leben nur in den Nächten ab, vom Tageslicht bekam ich nur selten was zu sehen. Mein Leben ähnelte dem eines Vampirs, die Freier saugten an meiner Geduld und ich saugte ihnen das Geld aus der Tasche.

Doch ich hatte mich für diesen Job entschieden, also gab es kein Wenn und Aber. Ob ich Mitgefühl mit den Freiern hatte? Oh ja, und wie. Mit jedem Einzelnen. Allerdings nur bis zur Eingangstür. Sobald sie hinter der Tür waren, stellte ich mein Mitgefühl mit einem Fingerschnipp ein. Alles andere wäre falsch gewesen. Ich lernte schnell, nichts an mich heranzulassen, denn Leid hatte ich selbst genug anzubieten. In einem solchen Etablissement interessiert sich niemand dafür, was mit deinem Körper geschieht. Das Geld des Mannes zählt und sein Ego. Je größer das Ego war, umso weniger hatte er in der Birne. Das Gute bei diesen Egomanen war, dass sie viel Geld besaßen und damit prahlten. Sie wollten das Beste, das Teuerste und etwas Außergewöhnliches. Und genau das war ich.

Nun ja, wenn ich mich wegen des Jobs geschämt habe, dann war es der Tatsache geschuldet, dass ich die Mutter eines erwachsenen Sohnes war, die ihren Körper täglich vermietete. Dabei ist es egal, ob das gut betuchte Männer sind oder man sich den Job nur irgendwie schönredet. Jeder Mann, der in einen Puff geht, ist und bleibt nur ein Freier. Er nutzt die prekäre Lebenssituation der Frau aus und macht sie erst zu dem, was sie im Grunde eigentlich gar nicht sein will: zu einer Hure. Und das ist ein Kreislauf, aus dem viele Mädchen dieser Branche nicht mehr rauskommen. Sie wollen nicht als Huren betrachtet werden, obwohl der Job das so mit sich bringt.

Aber es gibt viele Möglichkeiten sich das schönzureden. Zum Beispiel ist jede Frau auf irgendeine Art eine Hure. Die Ehefrau schläft mit ihrem Mann bereits dann, wenn sie ein Geschenk bekommt. Gewiss nicht alle, aber die meisten schon. Ich kannte mal eine Frau, die mir anvertraute, dass sie seit Monaten keinen Sex mit ihrem Mann hatte. Als er ihr allerdings einen neuen Staubsauger und ein neues Topfset gekauft hat, machte sie die Beine breit. Auch beim obligatorischen Geburtstagssex ist das so. Na ja, egal wie man es sieht. Eine Hure zu sein, das ist nichts Gutes. Und daran zu glauben, dass es nicht so ist, macht jeder Professionellen richtig zu schaffen.

In den Nächten während meiner Arbeit ging es mir gut, doch wenn ich frühmorgens zu Bett ging, fühlte ich mich ausgelaugt, kaputt und spürte die unglaublichen Schmerzen meiner Krankheit tief in den Knochen. Sogar meine

Haut brannte wie damals, als ich von meinen Vergewaltigern mit KO-Spree besprüht ins Grab geworfen wurde. Ich sehnte mich jedenfalls immer nach meinem Bett und nach Schlaf. Aber der war für mich wie „Russisch Roulette". Ich wusste nie, ob ich wieder aufwachen würde.

Trotzdem begann ich jeden Morgen mit einem Gute-Schlaf-Ritual. Ich machte mir nach der Schicht, ob betrunken oder nüchtern, eine heiße Brühe oder einen Früchtetee, ging duschen, kämmte meine Haare aus, zog mir einen Pyjama an, setzte mich vor den Spiegel und baute mir einen „Torpedo", also einen Joint. Schon nach den ersten Zügen spürte ich die Erleichterung, den Job, die Krankheit, die Männer und den Alkohol endlich hinter mir zu haben. Ich spürte, wie das alles von mir abfiel, verblasste und leichter wurde – so wie der Rauch, den ich nach jedem Zug ausatmete.

Meine Einstellung hatte sich in Bezug auf Dauerpartys, Champagner, Chanel und Prada schon nach zwei Monaten mit jedem weiteren Tag verändert, denn ich ekelte mich innerlich mehr und mehr vor mir selbst. Meine späteren Partner und auch meine Kunden störte es allerdings nicht, wenn ich mir zur Beruhigung einen Joint drehte. Damit betäubte ich meine Gefühle und mein Hirn. Das führte manchmal so weit, dass ich meine ureigensten Bedürfnisse vergaß. Ich spürte weder meinen Körper noch meine Schmerzen oder meine Umwelt. Wie bei anderen auch spielte der Joint in meinem Leben nun die Hauptrolle. Ich war später oft so zugedröhnt, dass ich selbst meinen Sohn vergaß. Andererseits wurde ich mit dem Joint kurzzeitig meine Dämonen los, konnte meinen Körper zur Ruhe bringen, vergessen und schlafen, ohne irgendwas zu träumen. Aber egal wie sehr ich das Kiffen auch liebte, ich habe es dank Gustavs Hilfe heute komplett aufgegeben. Es ist genau acht Monate her, als ich das letzte Mal einen Joint rauchte.

Na jedenfalls ging ich dann gegen 06:00 Uhr zu Bett und schlief bis etwa 14:00 Uhr. Nach dem Aufwachen bestellte ich mir ein gutes Essen. Manchmal ging ich auch in die Stadt zum Schaufensterbummel, trank Café in einem Caféhaus, kaufte mir schöne Sachen oder beobachtete die „Normalos", um mein Verlangen nach einem normalen Leben zu disziplinieren.

Seit Mitte 2010 verlief mein Leben wieder in halbwegs geordneten Verhältnissen, trotzdem ich mich in der Welt der Prostitution bewegte. Ich hatte Arbeit, verdiente schnelles Geld, besaß ein Dach über dem Kopf, konnte Miro finanziell unterstützen und die Leukämie war keine unmittelbare Bedrohung mehr für mich. Statt einen Sarg zu kaufen, durfte ich mein Geld weiterhin für sexy Sachen ausgeben, um damit noch mehr Geld verdienen zu können. Doch das Gute ist nie von langer Dauer – nicht in der Prostitution, nicht mit dem Krebs im Leib, nicht ohne Liebe oder einen guten Freund und schon gar nicht, wenn Schnee fällt und meine Dämonen nachts in meine Träume dringen, sodass ich schweißgebadet und schreiend aus dem Schlaf schrecke. Ja, mein Balanceakt auf dem Drahtseil des Lebens, auf dem ich gerade erst die Schwingungen ausgeglichen glaubte, hatte von Neuem begonnen. Und meine Dämonen waren wieder mit von der Partie. Sie taten alles, damit ich mein Gleichgewicht erneut verliere ...

Hinter den Kulissen der Liebe

Angefangen hat alles mit Adi. Ich lernte ihn am 15. Dezember 2010 in einem Bordell in Hallein kennen. Von Mitte Oktober bis kurz vor Weihnachten habe ich dort gearbeitet. Ich war noch „die Neue". Jedes Mädchen schaute mich schief an und wusste, dass ich eine starke Konkurrenz für sie sein würde. Und das war ich in der Tat, denn nach Jahren der Abstinenz von der Prostitution war ich diesmal eine erfahrene Frau auf diesem Gebiet.

Bei meiner ersten Schicht in diesem Nachtklub entschied ich mich für ein weißes Latinokleid. Es war asymmetrisch geschnitten, extrem eng und schulterfrei. Mein Hintern sah darin sehr brasilianisch aus. Irgendwie fühlte ich mich auch so, schon wegen meiner langen, schmalen Ballettbeine. Ich steigerte mich so sehr in die Rolle eines Brasilo-Mädchens hinein, dass ich fast selbst daran glaubte. Jedenfalls spielte ich diese Rolle gut, denn eine Brasilianerin ließ sich besser verkaufen als eine Zigeunerin. Immerhin arbeitete ich in einem Luxusbordell, in dem ich mich nicht billig verkaufen wollte. Wenn schon, denn schon! Von den früheren Klubs her war ich es gewohnt, mich erst geistig auf meine Arbeit vorzubereiten. Ich gönnte mir dort immer mein kleines Ritual. Ich kam aus der Garderobe, verwandelt in eine wunderschöne Frau – in „Cassandra". Also in jene Frau, die mich immer ermahnte wachsam zu sein und die meine Seele vor Schaden bewahrte. Mein Gang war immer sehr elegant, mit kurzen präzisen Schritten. Je kürzer meine Schritte waren, umso schöner wackelte mein Hintern. Es wirkte sehr erotisch, und deshalb habe ich mir diesen Gang mit Freude angewöhnt.

Am dritten Tag, der zufälligerweise ein Donnerstag war, ging ich hinter die Bar und machte mir einen Kaffee. Und während der Kaffeeautomat lief, holte ich mir wie immer einen Orangensaft aus dem Kühlschrank und füllte ein Glas voll.

Mit Saft und Kaffee in den Händen ging ich zu einem barockähnlichen Sessel, der etwas Abseits stand. Ich wollte ganz allein für mich sein und die ganze Szenerie aus der Distanz beobachten, um meine Strategie darauf auszurichten, optimal Geld zu verdienen. Außerdem musste ich mir einen Überblick zum Ablauf des Geschehens verschaffen, damit ich mit den anderen Mädchen kein Stress bekam, aber auch gleich in der ersten Schicht den Boss überzeugen, dass er sich trotz meines Alters richtig für mich entschieden hatte.

Nebenbei bemerkt: Ich liebte schon immer das Schachspiel, und so war es auch nicht verwunderlich, dass ich in diesem Bordell die Königin sein wollte. Nein, mehr noch, ich wollte alle Psychopathen von der Straße fernhalten, denn meine Dämonen waren immer noch der Mittelpunkt meines Lebens. Dass aber ausgerechnet an einem solchen Ort mein Trauma therapiert werden konnte, erkannte ich leider erst zu einem späteren Zeitpunkt.

Ich trank also in Ruhe meinen Kaffee, lauschte der romantischen Musik, die in jedem Raum zu hören war, und ließ das ganze Geschehen auf mich wirken. Manche Mädchen lachten, andere flüsterten oder kicherten leise und einige tippten fleißig SMS-Nachrichten in ihre Mobiltelefone. Keine dieser jungen Frauen bemerkte, dass ich sie genau analysierte. Die Sprache ihrer Körper verriet mir alles über sie. Ich konnte sofort erkennen, wer von diesen Mädchen wegen des Jobs litt. Bis auf zwei, alle. Ihre Bewegungen waren unsicher, gekünstelt, trainiert, geschauspielert. Mir wurde schnell klar, dass ich in diesem Bordell keine Konkurrenz zu fürchten hatte, egal wie hübsch die Gesichter und Körper auch waren. All diesen Mädchen fehlte etwas, das nur ich aufweisen konnte: Abgebrühtheit. Ich war also niemals billig oder umsonst zu haben. Die Erfahrung einer erwachsenen Frau, interessant, dezent und zugleich raffiniert und dankbar zu sein, war eine Gefahr für jedes Portemonnaie eines Mannes. Ich habe niemanden beklaut oder abgezockt, nein, ich habe nur meinen Job richtig gemacht, und das verschaffte mir großen Respekt bei den Mädchen, den Freiern und Chefs. Mein Körper war seit der Vergewaltigung tot, und mir war das bewusst. Ich wusste, was mein Körper aushalten konnte und was einem Kerl fehlte, denn ich stellte mir immer vor, was ich möchte, wäre ich ein Mann.

Es war eine neue Sichtweise, die ich für mich entwickelt hatte, damit ich in diesem Job nicht so leiden musste wie beim ersten Mal mit 17 Jahren auf dem gefährlichsten Strich Europas: E 55. Es gab einfach nichts, was mich in sexueller Hinsicht noch überraschen konnte.

Als ich Kaffee und Saft ausgetrunken hatte, mischte ich mich unter die Mädchen, denn ich wollte nicht eingebildet wirken. Außerdem wollte ich mir eine Meinung über ihre Intelligenz bilden, weil man ja auf alle Wünsche eines Gastes in diesem Haus eingehen musste. Damit meine ich, in einem Bordell sind Lesbenspiele fast ein Muss, wenn man Geld verdienen will. Ich musste mir in diesem Klub ein Mädchen suchen, auf die ich mich während solcher Lesbenshows verlassen konnte, damit die mir den Gast nicht wegschnappen würde, wenn ich mal austreten war.

Nach kurzer Zeit, es war wieder einmal ein Donnerstag, spielte mir mein Schicksal erneut einen Streich fürs Leben. Ein mir unbekannter Mann saß schon mehrere Stunden in unserem hauseigenen Restaurant und schielte ab und an mal zu mir rüber. Er war in Begleitung einer Kollegin von mir, Martina, die ich nicht besonders mochte. Na ja, es war nur eine gegenseitige Antipathie, die zwischen uns herrschte, mehr nicht. Sie war mir nicht wirklich unsympathisch, sie verhielt sich nur sehr dumm, wollte ihren Rang im Haus behaupten. Sie war eine faszinierende kleine Intrigantin, und wenn auch dumm, so wirkte sie damit doch süß. Es war eben ihre Masche, um an Männer heranzukommen, sie um den Finger zu wickeln und uns Mädchen dabei schlecht aussehen zu lassen. Ich hatte ihr Getue jedenfalls durchschaut. Das passte ihr nicht und mich amüsierte es. Meine Gefühle vor ihr zu verbergen, das lag mir nicht im Sinn, denn ich hatte einmal versprochen, dass ich immer so sein werde, wie ich bin, wie ich mich fühle, dass ich sagen werde, was ich eben sagen will, nicht was andere für richtig halten. Martina mochte mich jedenfalls schon nach zwei Tagen meiner Anwesenheit nicht, weil viele „ihrer" Stammgäste mehr Interesse an mir zeigten. Logisch!

Eine Neue wie ich bekam den sogenannten „Welpenschutz", denn der Chef wollte, dass auch die neuen Mädchen verdienen, damit sie lange im Klub bleiben. Damit half er den neuen Mädchen, sich schnell zurechtzufinden, um eigenständig arbeiten zu können. Trotzdem hatte der Chef ein Auge auf jedes Mädchen, denn es gab in so einem „Sexinternat" immer irgendwelche Reibereien. Darunter fiel auch, dass sich die neuen Mädchen bei so einer wie Martina einschleimten, weil sie schon länger im Klub war und viele Gäste kannte. Ich habe das nicht getan, obwohl sie sicher Schleimerei und Respekt von mir erwartet hatte. Aber meinen Respekt musste man sich erstmal verdienen.

Da mir inzwischen langweilig geworden war, beobachtete ich die anderen Mädchen bei der Arbeit, während Martina bei dem Fremden saß, der eine verblüffende Ähnlichkeit mit dem französischen Schauspieler Alain Delon hatte. Sie quatschten, lachten und tranken über mehrere Stunden hinweg Champagner. Er war der einzige mir sympathische Gast. Irgendetwas faszinierte mich an ihm, nur wusste ich nicht was. Um ihn auf mich aufmerksam zu machen, gab ich zwei Späßchen von mir, sodass alle Mädchen hinter dem Tresen lachten und sein Blick, wie selbstverständlich, plötzlich auf mir ruhte. Ich wollte eigentlich sein Gesicht sehen, aber seine Haarpracht hinderte mich daran. Trotzdem wusste ich sofort, dass ich von diesem Kerl die Finger lassen musste.

Als ich noch mal den Kasper spielte und die Mädchen erneut lachten, war seine Neugierde so gestiegen, dass er aufstand und sich in meine Richtung bewegte. Mir war klar, dass ich Martinas Geschäft damit zum Platzen bringen würde. Aber ich wollte ihr das Geschäft nicht kaputt machen, sondern nur das Interesse dieses Mannes wecken, nach dem Motto: „Wer weiß schon, vielleicht das nächste Mal?" Doch als er plötzlich um die Ecke sah, schenkte ich ihm nicht einen einzigen Blick, obwohl ich schon merkte, dass ich ihm gefalle. Ich sah überall hin, nur nicht zu ihm. In meinem Bauch brummelte es gewaltig. Ich dachte zunächst, es wäre der Hunger, dem war aber nicht so. Der Typ hatte mich nervös gemacht, und dieses Gefühl gefiel mir gar nicht. Er drehte sich dann Gott sei Dank um und ging zu Martina zurück. Brr ...!

Ich hatte jedenfalls an diesem Gast das Interesse verloren und kümmerte mich nun um die anderen Gäste. Nach zwei Stunden sexueller

Aktivität im Zimmer bekam ich Hunger und mein Gast anscheinend auch. Da unser Restaurant noch geöffnet war, machten wir uns zu einem guten Gourmetessen (wenn schon, denn schon) auf den Weg. Fritz, mein sehr attraktiv-eleganter Gast, wählte sein Essen und ich gab die Bestellung beim Koch ab. Beim Servieren gab ich mir natürlich Mühe, ihm alles recht zu machen. Ich bediente ihn mit einer selbstbewussten erotischen Eleganz, dass ich dafür einen Oskar verdient hätte. Der Typ nebenan am Tisch, immer noch in Martinas Begleitung und mittlerweile sehr betrunken, beobachtete mein Tun und amüsierte sich herzlich darüber. Später, nachdem ich meinen Gast zum Ausgang begleitet hatte, musste ich zurück ins Restaurant, um den Tisch abzuräumen. – Das war ein fataler Fehler.

Ich stapelte die zwei großen Teller übereinander und hoffte, dass sie mir nicht aus den Händen fallen würden. Weit gefehlt! Gott sei Dank flogen sie erst runter, als ich vor unserem Koch stand, der sie sofort auffing. Ich hörte schon von Weitem die Lache dieses Typen und wusste, dass er sich über mich lustig machte. Das machte mich natürlich wütend, und so konnte ich nicht anders als einen Spruch loszulassen. Ich verstellte dafür extra meine Sprache in einen ausländischen Dialekt, damit er keine Lust bekam mit mir zu diskutieren.

„Was du wollen?", fragte ich ihn verärgert.

„Vögeln wollen ohne zahlen", sagte er schlagartig.

Mit so einer Antwort hatte ich natürlich nicht gerechnet, und so musste ich auch lachen. Er wies auf einen Stuhl neben sich. Ich sollte mich zu ihm setzen, denn Martina war gerade auf der Toilette. Kein Wunder nach der dritten Flasche „Moet".

Der Typ meinte dann, dass er für seinen Kumpel eine Stunde mit mir bezahlen möchte, doch ich lehnte ab. Ich hatte an diesem Abend ohnehin genug verdient. Die beiden konnten es kaum fassen, dass eine Prostituierte zu Geld Nein sagen würde. Ich war eben schon immer anderes, also betonte ich meine Ablehnung noch mal.

„Was willst du dann?", fragte er.

Ich sagte: „Maoam."

Wieder lachte er. Er fand mich witzig und schlau, und ich wollte ihm plötzlich beweisen, dass ich auch schlau war.

„Entweder du oder keiner mehr heute Nacht", sagte ich, streckte ihm meine Hand entgegen und stellte mich vor: „Cassandra."

„Adi", meinte er.

Sein Händedruck war fest und irgendwie selbstbewusster als es den Anschein hatte. Dass er betrunken war, störte mich komischerweise nicht ein bisschen, obwohl ich von betrunkenen Menschen nicht viel halte. Na ja, dank meines Vaters und der Vergewaltiger. Ein gebranntes Kind scheut eben das Feuer. Doch dieser Mann hatte etwas Witziges, und ein bisschen Witz war in dem Moment genau das, was ich brauchte.

„Hm, Adi heißt du also. Der Name kommt von Adrian, oder?", fragte ich ihn.

„Nein, von Adolf", lachte er.

„Ah, wie der Hitler, ein Klassiker für Österreich."

„Ja, genau." Er grinste.

„Sehr interessant! Also sind deine Eltern Nazis gewesen?"

„Meine Mutter lebt noch, sie war Nazi wie jeder andere zu der Zeit auch. Jetzt ist sie einfach nur zu alt dafür", sagte er und schaute mich plötzlich streng an. Ich nickte nachdenklich.

„Du willst mit mir nicht aufs Zimmer gehen, weil du dir in die Hosen machst. Stattdessen schickst du deinen Kumpel vor, damit ich dich nicht neugierig machen kann. Also, wenn wir schon spielen, dann auf meine Art. Hast voll Schiss vor mir, nicht war Playboy?" Ich lächelte frech. Doch dann bemerkte ich an ihm einen

Hauch von Schüchternheit, was mich etwas irritierte.

„Was willst du?", fragte er und meinte damit, welche Flasche Schampus er für mich bestellen soll. „Ich will dich kennenlernen", ergänzte er.

Ich zögerte nicht und antwortete: „Eine Flasche Cristal."

„Bist du deppert? Die kostet hier doch 1.000 Euro. Willst du mich abzocken?" Adi war völlig schockiert.

„Du willst mich ja kennenlernen. Was nichts kostet, ist nichts wert. Tja, und ich bin nun mal teuer, weil ich eine unvergessliche Zeit mit meiner Kleinigkeit verkaufe. Jetzt will ich nur dein Bestes", entgegnete ich und fügte noch einige schachmatt setzende Worte hinzu: „Deinen Penis und dein Geld, der Rest interessiert mich nur bis zur Tür. Ich weiß, ich bin unverschämt, aber wenn ich ein braves Mädchen sein wollte, wäre aus mir keine Hure geworden." Diesmal schaute er mich mit weit aufgerissenen Augen an und gab damit zu, dass er mich doch wollte.

„Du bist so raffiniert", entgegnete er und grinste, nahm mir meine Frechheit aber nicht übel. Als er dann bei der Hausdame eine Flasche Dom Pérignon verlangte, lehnte ich trotzdem ab. Nur gut, dass der Chef zu diesem Zeitpunkt nicht mehr im Puff war. Aber ich wollte Adi einfach nicht abzocken, was ich ihm mit dieser Geste auch zeigte.

Ich ahnte, dass es ein leichtes Spiel sein würde, ihn so neugierig zu machen, dass er mein Stammgast werden würde.

Natürlich war er beleidigt und schnappte sich ein Mädchen, das an diesem Tag gerade Geburtstag hatte und mit uns und den Freiern feierte. Er nahm sie fast kindlich an die Hand, warf mir böse Blicke zu und ging mit ihr aufs Zimmer. Er hatte sie für die ganze Nacht gebucht, und ich verlor mit dieser Aktion 1.000 Euro.

Tja, das war zwar witzig, aber total unpraktisch für meinen Job. Trotzdem ärgerte ich mich nicht, denn zwei Stunden später reklamierte er seltsamerweise das Mädchen und wollte mich. Diesmal ließ ich mir seine Kohle nicht durch die Lappen gehen, obwohl es mir an diesem Abend wirklich nicht um sein Geld ging. Er faszinierte mich und ich wollte wissen, warum. Betrunkene Gäste sind zwar anstrengend, weil man viel reden muss, andererseits sind sie aber auch selten in der Lage ihren Mann zu stehen. Also schien mir das ein einfaches und lohnendes Geschäft zu sein. Und betrunken zu einer Hure zu gehen, ist sowieso die Todeskugel für jedes Portemonnaie. Allerdings verlangte er auch nichts: keine körperlichen Streicheleinheiten, keinen Sex. Er wollte nicht einmal reden, er verlangte nur eine Rückenmassage, die ich ihm auch gegeben habe. Nach etwa 20 Minuten setzte er sich auf und schaute mich an.

„Du bist keine Hure", sagte er sehr nachdenklich.

„Nein, bin ich nicht. Es ist nur ein Job. Ich bin eine Frau, Mutter, eine Tochter, eine Schwester und die Chefin von drei Tanzschulen, die gerade den Bach runtergehen", sagte ich ehrlich und selbstbewusst.

„Ich bin es nicht gewohnt, gute Mädchen im Puff zu finden."

„Ich bin auch kein Mädchen, ich bin eine böse Frau, Adi. Ich bin so, weil ich so sein muss", sagte ich sanft und lächelte dabei, um meine Aussage etwas zu entschärfen, damit es wie ein Witz wirkte.

„Bist du nicht, du bist eine ehrliche und gute Haut", sagte er und schaute mich dabei seltsam an.

Ich wickelte mich bei diesem Blick in ein weißes Bettlaken, das ich zuvor von der Rezeption mitgenommen hatte. Dabei sah er mich noch seltsamer an und meinte: „Hm, jetzt siehst du mit deinen Locken aus wie ein Engel, nur eben mit schwarzen Haaren. Na ja, ich hab noch keinen Engel gesehen, aber wenn ich mir einen vorstellen würde, dann müsste er so aussehen wie du."

Bei diesen Worten wurde mir gleichzeitig heiß und kalt, denn ich wusste plötzlich, was mich an ihm so nervös machte. Er hat mich angesehen, wie ich es nur von Anezka kannte. Mir wurde schwindlig, ich spürte meinen Puls am Hals und nahm meinen Atem viel intensiver wahr als noch vor ein paar Sekunden. Im ersten Moment glaubte ich, dass dieser Mann bald sterben würde und dass er mich nur deswegen so angesehen hatte, doch dann verschwand sein Gesicht und meine verstorbene Freundin Anezka tauchte für einen kurzen Moment vor mir auf. Es war nur ein kurzer Augenblick, doch sie war da.

Ich begann sofort zu weinen und saß noch einen kurzen Moment auf dem Bettrand, ohne mich bewegen zu können. Doch Anezka verschwand so schnell, wie sie vor mir aufgetaucht war. Natürlich sagte ich Adi nicht, dass ich den wichtigsten Menschen in meinem Leben, der längst gestorben war, gerade eben gesehen hatte, wenn auch nur vor meinen „geistigen Augen". War das ein Zeichen, dass sie gerade jetzt auftauchte, wo ich noch immer mit den Auswirkungen meiner Krebserkrankung zu kämpfen hatte? Und war es auch nur Zufall, dass dieser Mann ausgerechnet jenen Satz ausgesprochen hatte, den mir Anezka kurz vor ihrem Tod sagte: 30 Jahre zuvor, am selben Tag?

„Was ist passiert?", fragte er mich.

„Ach nichts", sagte ich mit Tränen in den Augen. „Darf ich mir einen Joint drehen?"

„Hab ich was Falsches gesagt?"

„Nein, nein! Ich bin nur etwas zu persönlich mit dir umgegangen, damit muss ich irgendwie zurechtkommen." Im Grunde hoffte ich, ihn mit dem Joint enttäuscht zu haben, aber das war nicht so.

„Du wirst deine Gründe haben", sagte er. „Wer bin ich, dass ich dir was verbieten darf? Und wenn du schon Drogen brauchst, um mich zu ertragen, dann kann ich dich eh verstehen." Er schaute mich mit seinem traurigen Blick noch mal kurz an, dann nahm er eins der vier Kissen vom Bett und warf es mir ins Gesicht.

Im ersten Moment fühlte ich mich von ihm nicht ernst genommen, doch dann war ich froh, durch diese Ablenkung nichts mehr über Anezka erzählen zu müssen. Er war schließlich nur ein Freier, nur ein Mann, ein Job. Und mein Job war es, amüsant und sexy zu sein, nicht mehr und nicht weniger. Also warf ich das Kissen zurück und traf ihn an seiner Männlichkeit. Dann ging es richtig los. Er schnappte sich alle Kissen auf dem Bett und warf sie nach mir. Er wollte erneut mein Gesicht treffen, doch ich stand rasch auf, und so landeten die Kissen statt in meinem Gesicht auf meinem Bauch und fielen dann zu Boden.

„Kissenfußball!", schrie ich, schoss mit dem linken Fuß und das von mir anvisierte Kissen traf seine Stirn. Adi sprang aufs Bett und schoss zurück. Ich musste plötzlich lachen, denn es war für mich witzig, in einem Bordell mit einem betrunkenen Freier Kissenfußball zu spielen. Er war der einzige Mann, mit dem ich diese Art Fußball spielte, statt Sex zu haben. Herrlich war das! Ich registrierte nicht einmal, wie lange wir nackt im Zimmer und später im Flur mit den Kissen Fußball gespielt haben. Am Ende haben wir alle Kissen aus den Zimmern geholt und sie in den Fahrstuhl gesteckt. Er hatte sichtlich Spaß, kindisch zu sein, ich noch mehr. Es tat mir gut, etwas zu tun, was mit Prostitution nichts zu tun hatte. Einfach nur Spaß zu haben, das war das Schöne daran.

Um 07:00 Uhr hatte ich Feierabend. Ich begleitete Adi zur Rezeption zurück, wo mir die Hausdame neue Anweisungen gab: „Cassandra, bitte serviere Adi ein Frühstück, er ist ein guter

Gast! Bis 07:30 Uhr muss er aber das Haus verlassen haben oder Verlängerung bezahlen." Ihre Anweisungen waren klar und deutlich. Ich sah auf die Uhr und bat Adi ins Restaurant, was er auch tat. Als ich ihm Frühstück anbot, verlangte er nur einen schwarzen Kaffee und ein Bier.

Hm, wie fertig muss der Mensch sein, wenn er schon zum Frühstück ein Bier braucht, dachte ich, fragte aber nicht weiter nach. Ich wusste von ihm gar nichts, trotzdem ich 5 Stunden mit ihm verbracht hatte. Er wollte vieles über mich wissen, doch von sich erzählte er so gut wie gar nichts, nur dass er alle Bordelle in der Salzburger Umgebung kenne. Mir war sofort klar, dass er einen Haufen Geld haben musste, wenn er sich das leisten konnte.

Während er seinen Kaffee und das Bier trank, fragte ich ihn, was er beruflich mache.

„Ich bin Zoodirektor und kümmere mich um die schwarzen Katzen, also Pumas", meinte er und lachte dabei scheinheilig. Ich weiß nicht, warum. Aber ich glaubte ihm, obwohl ich irgendwie spürte, dass er nicht die Wahrheit sagte. Wir unterhielten uns noch eine Weile, dann bat er mich, ihn zur Tür zu begleiten.

„Du bist eine gute Frau", sagte er zum Abschied. „Es ist schade, dass du hier bist, andererseits aber auch ein Glück."

Ich wollte ihm einen Kuss geben, doch er ging an mir vorbei und stieg die Stufen zum Parkplatz hinauf. Irgendwie war ich froh, dass er nicht verlängert hatte, denn ich war sehr müde und wollte nur noch ins Bett.

Ich führte nun wieder mein alltägliches Feierabendritual durch: Duschen, die Haare kämmen, meinen müden Körper eincremen, einen Torpedo bauen, rauchen und Zähne putzen. Dann kuschelte ich mich in das Bett eines Zimmers, das an diesem Tag nicht benutzt worden war.

Um 12:30 Uhr war ich wieder fit, obwohl ich nur fünf Stunden geschlafen hatte. Ich putzte mir die Zähne und verstaute mein Bettzeug in unserer gemeinschaftlichen Garderobe, wo jedes Mädchen einen großen Schrank mit einem Tresor besaß. In diesem Klub war nämlich alles perfekt geregelt, und so war es auch kein Wunder, dass so viele hübsche Mädchen genau hier arbeiteten.

Nur der Manager war ein großes Arschloch, mit einer extremen Paranoia. In den ersten drei Tagen war er ok gewesen, doch dann zeigte er sein wahres Gesicht. Er war wie das Wetter. Die Mädchen nannten ihn „Papi", weil er es so wollte. Ich nannte ihn bei seinem richtigen Namen. Den kann ich aus rechtlichen Gründen natürlich nicht schreiben, also nenne ich ihn hier „Seppi".

Ich ging also aus der Gemeinschaftsgarderobe direkt ins Restaurant zum Frühstücken, und als ich an der Bar vorbeikam, erblickte ich Martina. Wenn ihre Blicke mich hätten töten können, wäre ich in dem Moment sicher auf der Stelle tot umgefallen.

„Er ist mein Stammgast", meinte sie.

„Hab keinen Namen an ihm gefunden. Stand nicht drauf: Martinas Stammgast, sorry."

„Du bist eine Fotze", sagte sie plötzlich mit einem sehr boshaften Unterton.

„Nein, ich bin eine Hure. Und ich arbeite hier, um Geld zu verdienen, so wie du."

„Willst du sagen, dass ich eine Hure bin?" Ihre Stimme klang sehr bedrohlich.

„Sorry, falsches Wort. Ich bin eine Hure, du bist eine Prostituierte, richtig?" Ein paar Mädchen mussten Martina für einen kurzen Moment festhalten, damit sie mir die Augen nicht auskratzen konnte, so sauer war sie auf mich. Die anderen Mädchen lachten nur über diesen sinnlosen Streit.

„Adi ist ein Stammgast des Hauses, Martina. Er ist nicht mein Stammgast und nicht deiner, nicht mehr und nicht weniger. Du hast etwas extrem richtig gemacht", betonte ich sarkastisch, „wenn er sich nach drei Saufstunden mit dir für eine andere entscheidet. Erst hat er die Russin genommen, dann hat er reklamiert. Schließlich hat die Hausdame mich hoch geschickt ..."

„Halte dich fern von meinen Stammgästen", unterbrach sie mich. Die Mädchen zeigten indes, dass es besser wäre, wenn ich die Bar verlassen würde. Das tat ich dann auch, denn ich hatte gute Laune, die ich mir nicht zerstören lassen wollte. Ich holte mir also einen Orangensaft und eine Kaffeelatte und ging ins Restaurant. Da konnte mich von der Bar aus niemand sehen. Im Restaurant beschmierte ich mir die obere Hälfte einer Semmel mit Butter und Marillenmarmelade. – Übrigens, ich esse prinzipiell nur die obere Hälfte der Brötchen. Warum das so ist, weiß ich selber nicht. – Und während ich zu einem Zeitpunkt frühstückte, wo normale Menschen ihr Mittagsessen zu sich nehmen, bemerkte ich, dass es draußen schneite.

Mir war plötzlich nicht mehr so wohl zumute, meine Erinnerungen an die Dämonen aus der Vergangenheit waren sofort da. Ich spürte, wie mein Körper schwerer wurde, wie mich Müdigkeit befiel und ich depressiv wurde. Außerdem gefiel es mir nicht, von den Mädchen beneidet und gehasst zu werden, und so wurde ich richtig grantig. Ich fragte mich, warum ich mit Adi unbedingt anbandeln musste. Ich hatte doch auch ohne ihn in dieser Nacht über 1.000 Euro verdient. Trotzdem hatte ich irgendwie das Gefühl, dass ich in diesem Bordell nicht mehr länger als drei Wochen bleiben würde.

Ich entschloss mich ins Bett zu gehen, holte mein Bettzeug aus dem Schrank und ging in das Zimmer, in dem ich zuvor geschlafen hatte. Danach schob ich die schweren Samtvorhänge der Balkontür zur Seite und öffnete diese, um meine Dämonen mit dem Torpedo wegzukiffen. Der Chef wusste nicht, dass ich kiffte, also musste ich auch dafür sorgen, dass es niemand roch.

Ich sah nach draußen. Das Bordell war umgeben von Wald und lag neben einer Autobahn, die sich am Rand von Hallein befand. Die Natur war herrlich schön. Nach ein paar Zügen aus meinem Joint konnte ich sogar den Schnee genießen, der leise vom Himmel fiel. Meine Psyche entspannte mit jedem Zug, und so verschwanden alle negativen Gedanken aus meiner Vergangenheit: meine Dämonen und die vielen Blutstropfen von mir im Schnee. Ich war letztlich so entspannt, dass ich mich wenig später ins Bett legte und sofort einschlief. – Ein Klopfen an der Tür riss mich irgendwann aus meinem friedlichen Schlaf.

„Cassandra, du musst Gas geben! Gleich beginnt deine Schicht, Seppi ist auch schon da", weckte mich Veronika. Sie war ein slowakisches Mädchen, das ich mochte.

Ohne etwas zu sagen, sprang ich aus dem Bett, richtete schnell das Zimmer her und eilte mit meinem Bettzeug in die Garderobe. Dann sprang ich unter die Dusche, zog ein rotes Kleidchen an und streifte halterlose Strümpfe über, da ich ja keine Zeit hatte, die kleinen Stoppeln an meinen Beinen zu rasieren. Es dauerte maximal 10 Minuten, dann stand ich unten an der Bar. Ich war rechtzeitig vor Beginn der Schicht an meinem Arbeitsplatz.

Als ich an der Bar vorbeiging, um mir einen Kaffee zu machen, blieb ich für einen Moment lang stehen. Ich traute meinen Augen kaum: Adi war wieder da, betrunken. Ich wusste sofort, dass er wegen mir da war. Mir war klar, dass er nicht geschlafen hatte, denn seine Augen waren rot und seine Müdigkeit war nicht zu übersehen.

Ich wusste nicht, ob ich mich freuen oder ärgern sollte, denn Martina hätte das ganz und gar nicht gefallen, wenn er zu mir gekommen wäre. Nichtsdestotrotz ging ich zu ihm, sagte ihm kurz „Hallo!", gab ihm ein Bussi rechts und eins links und ging dann hinter den Tresen, um mir endlich einen Kaffee zu machen.

„Brasilianerin, komm her!", schrie er über die ganze Bar.

„Gleich", entgegnete ich sanft.

„Na, komm her! Du gefällst mir. Schon wieder gefällst du mir."

„Gleich, Adi", sagte ich nun streng.

Natürlich bin ich dann zu ihm gegangen. Wir haben wieder Champagner getrunken, gegessen und getanzt. Für ein Zimmer hatte er aber kein Geld mehr, also verschoben wir diesen Teil auf das nächste Mal und ich konnte wie gewohnt und ohne Komplikationen wieder meinen Job machen. Einen Tag später war Adi wieder da.

Er kam jetzt fast jeden Tag ins Bordell, um mich zumindest kurz sehen zu können, auch wenn er es sich nicht leisten konnte, mir Champagner auszugeben oder mit mir aufs Zimmer zu gehen. Bald wurde Adi zu einem meiner besseren Stammkunden. Wenn er kein Geld hatte, ließ er meine Dienstleistung anschreiben. Der Manager kannte Adi gut und wusste, dass ich mein Geld immer pünktlich bekommen würde, und dem war auch so. Martina hat sich mit dieser Tatsache letztlich abfinden müssen und nach einer gewissen Zeit wurden wir sogar Freundinnen.

Es war die Zeit des Weihnachtsgeldes, und das Bordell war voller Kunden – alle Mädchen verdienten gut. Martina merkte schnell, dass ich eine gute Geschäftsfrau war und fair arbeitete.

Das eine oder andere Mal habe ich ihr ein Geschäft zugespielt, da es mir lieber war, ein deutschsprachiges Mädchen zu empfehlen als ein rumänisches. Die Mentalität der rumänischen Mädchen war unter aller Sau! Sie dachten, dass die Österreicher nur auf solche Frauen warten. Frauen, die von sich so eingenommen waren, dass nichts mehr wirklich schön war. Sie wollten viel Geld verdienen, und das auf eine aggressive Art und Weise. Ich mochte die Rumäninnen nicht, und das hat mich mit Martina zusammengebracht. So wurden wir am Ende Freundinnen.

Nun aber zurück zu Adi. Nach etwa zwei Monaten gab er so viel Geld für mich aus, dass ich langsam ein schlechtes Gewissen bekam. Andererseits war mir klar, dass wenn er sein Geld nicht mit mir ausgibt, würde er das mit einem anderen Mädchen machen. Aber in diesem Beruf gab es kein Mitleid, weder für die Freier noch für die Mädchen. Jede Minute im Puff kostete Geld – hinterher fühlten sich ohnehin alle ausgenutzt, die Freier wie die Mädchen.

Weinachten rückte immer näher und mein Urlaub bei meinem Sohn stand bevor. Ich kaufte Adi eine Etuitasche mit Hygieneartikeln, denn mir war aufgefallen, dass er manchmal eine Woche lang nicht nach Hause fuhr.

In den zwei Monaten habe ich ihn gut kennengelernt. Er war ein gutmütiger Mann mit einem riesengroßen Herz. Im Bett hat es natürlich nicht so funktioniert, wie er es gern gewollt hätte, aber an dieser Misere war er selber schuld. Er trank einfach zu viel, und der Mangel an Schlaf tat dann natürlich sein Übriges.

Ich erfuhr von ihm, dass er verheiratet war, er aber seine Frau schon vor langer Zeit emotional verlassen hatte. Sein Sohn war ihm wichtiger als sein eigenes Leben. Egal was in sein Leben käme, er würde nur für seinen Sohn leben. Später erfuhr ich auch, dass er kein Zoodirektor, sondern Logistikdirektor für die Firma „Puma" war. Alles was dieser Mann verdiente, gab er in Bordellen und für Alkohol aus. Er tat mir leid, ebenso seine Familie. Dennoch konnte ich ihn nicht ablehnen.

„Adi, bitte komm nur noch einmal in der Woche her! Spare dein Geld. Gib es bitte nicht für den Suff aus, dann können wir mehr Zeit auf dem Zimmer verbringen", sagte ich zu ihm an meinem letzten Arbeitstag in diesen Klub.

„Wann kommst du wieder?", fragte er.

„In vier Tagen, also am Montag."

„Schade, dass du nach Hause fährst. Du siehst deinen Sohn, und das ist gut so. Aber mich vergisst du bestimmt, oder?"

„Adi, du bist nicht mein Freund! Du bist …"

„Ein Freier, ich weiß", sagte er, wobei ihm die Tränen in den Augen standen.

„Hör auf damit, geh bitte mit anderen Mädchen aufs Zimmer, du darfst mich nicht lieben! Du hast eine Frau, einen Sohn und dein Leben hier. Ich wäre dir keine gute Frau. Außerdem hatte ich Krebs, und der kann jederzeit wiederkommen. Davon abgesehen bin ich nicht hier, um einen Mann zu suchen."

Das mit dem Krebs hatte ich Adi schon erzählt, als wir das zweite Mal eine Nacht im Puff verbrachten. In den zwei Monaten danach waren wir sowas wie ein Bordellpaar. Ich war sozusagen seine Bordellfrau. Ich wusch sogar seine Hose, sein Hemd und seine Unterhose in unserer hauseigenen Waschküche, damit er nach den langen Nächten im Bordell nicht dreckig und nach Alkohol stinkend zur Arbeit gehen musste.

Der Manager mochte Adi sehr, deshalb hatte ich vielmehr Privilegien als andere Mädchen. Na ja, ehrlich gesagt, er mochte eigentlich das Geld von Adi, denn wenn er einmal Geld hatte, gab er es auch bis zum letzten Cent bei uns aus.

„Ich bin noch hier …", sagte ich.

„Ich weiß, wegen der Kohle. Ich liebe dich auch nicht. Es ist nur so, ich mag dich und habe Angst, dass ich dich nicht mehr sehen werde."

„Egal wie du es nennst, so wie du dich verhältst, das ist nicht richtig. In den letzten paar Tagen hast du mir ein paar Geschäfte kaputtgemacht, Adi. Du bist laut und eifersüchtig, wenn ich mit anderen Gästen arbeite. Ich mag dich ja auch und ich komme auch zurück. Du musst nur aufhören, solche Ansprüche an mich zu stellen." In dem Moment wusste ich nicht, dass ich Adi bereits liebte und dass er recht hatte. Seit dieser letzten Nacht habe ich nie wieder in diesen Klub gearbeitet.

An dem Montag, als ich meine Schicht wieder antreten sollte, lag ich in einem deutschen Krankenhaus. Meine Blutwerte waren nicht gut, also bekam ich eine Bluttransfusion. Ich war zu schwach, um 800 km mit dem Zug zu fahren, und ein Flugticket war zu dieser nachweihnachtlichen Zeit einfach unverschämt teuer. Also rief ich Seppi an und teilte es ihm mit. Der flippte am Telefon komplett aus. Er meinte, dass ich nur noch meine Sachen abholen bräuchte, denn ab heute würde ich in diesem Klub nicht mehr arbeiten. Er fügte noch vorwurfsvoll hinzu, dass ich meine Einreise um einen Tag verschoben hätte und mich irgendwo mit Adi rumtreiben würde. Doch nach Adi war mir zu dem Zeitpunkt nicht zumute, ich machte mir Sorgen um meine Gesundheit. Das hat Seppi aber gar nicht interessiert. Er meinte nur noch, entweder ich würde sofort kommen oder ich könne meine Sachen packen und mir woanders einen Job suchen. Diese Reaktion hat mich sehr verletzt, denn erstens unterstellte er mir damit, ich würde privat Geld verdienen, und zweitens waren ihm meine gesundheitlichen Probleme egal. Das alles fühlte sich so unmenschlich an. Und so sagte ich etwas zu ihm, das ich nie wieder zu jemandem gesagt habe: „Ich verfluche dich, du blödes Zuhälterarschloch. Ein Menschenleben bedeutet dir gar nichts. So einen undankbaren Chef brauche ich nicht. Ich wünsche ich dir die Schmerzen, die ich habe!"

Natürlich holte ich dann später meine Sachen ab und traf mich mit Adi auf privatem Boden. Adi nahm mich für eine Nacht mit in ein Hotel, wo er natürlich alles gratis von mir bekam. Am nächsten Tag bin ich dann mit dem Zug (in der ersten Klasse) nach Wien gefahren, um in einem anderen Klub eine neue Arbeitsstelle zu testen. In diesem Klub begriff ich zum ersten Mal, wie schlimm der Job überhaupt ist. Egal wie viele Torpedos ich auch rauchte, ich kam aus meinen Depressionen nicht mehr raus. Zudem war ich auf Adi sehr wütend, denn er hatte eine SMS von mir, in der ich ihm meine Gefühle beschrieben habe, im Bordell rumgezeigt. Deshalb hat Seppi auch geglaubt, ich hätte mich mit Adi heimlich getroffen.

Ich konnte nicht begreifen, dass Adi so mit meinen Gefühlen umgegangen war, und fühlte mich darin bestätigt, niemals Gefühle für einen Freier zuzulassen. Durch diesen misslichen Umstand verlor ich allerdings eine Arbeitsstelle, mit der ich im Grunde zufrieden gewesen war, wenn man die Prostitution einmal ausblendet.

Jedenfalls war ich wegen des Verlustes meiner Arbeitsstelle in diesem besseren Etablissement auf Adi so sauer, dass ich mich nach acht Monaten bei meinen früheren Stammgästen meldete. In dem neuen Klub, einem Saunaklub, fühlte ich mich nämlich wie eine Straßennutte. Das war nicht mehr als ein „Strich" mit Poollandschaft, und zu verdienen gab es da auch nichts – pro halbe Stunde 50 Euro. Ich dachte mir, dass es vielleicht an der Zeit wäre, aus der Prostitution auszusteigen. G., ein ehemaliger Gast aus München, hatte mir mal Hilfe beim Ausstieg aus der Prostitution versprochen, wenn ich es wirklich wollte. Jetzt wollte ich aussteigen. Ich war enttäuscht, verletzt und sehr traurig. Meine Dämonen waren wieder da und mein Männerhass auch. Bloß gut, dass ich mir ein wenig Geld für solche Situationen zur Seite gelegt hatte. Jedenfalls dachte ich das und tröstete mich mit diesem Gedanken. Doch als ich meinen Schrank ausleerte, fand ich mein gespartes Geld nicht mehr. Mir fehlten etwa 4.500 Euro. Logisch, dass es verschwunden war, ich hatte ja schließlich auch in einem Bordell gelebt. Hier konnte jeder der Dieb gewesen sein, denn jeder wollte schnell zu Geld kommen. Stehlen war in solchen Häusern an der Tagesordnung. Sogar meine getragene Markenunterwäsche hätten sie noch aus dem Trockner geklaut, wenn ich sie nicht jedes Mal rechtzeitig herausgenommen hätte. Aber wie sie damals an meinen Schrank rangekommen sind, ist mir bis heute ein Rätsel, denn aufgebrochen war er nicht.

Natürlich hatte ich Seppi als Ersten in Verdacht, nur beweisen konnte ich es nicht, also fand ich mich mit dem Schock ab. Ich hoffte sogar, dass ich das Geld in irgendeinem Kleiderstück versteckt finden würde und im Suff vergessen hätte, aber auch das konnte ich eine Woche später in Aurich, als ich bei G. war und meine Sachen durchsuchte, ausschließen. Wer es tatsächlich gewesen war, habe ich nie erfahren. Das Geld war einfach futsch, ich musste neues verdienen. In meinem Portemonnaie waren nur zwei Fünfziger. Mir war klar, dass ich wieder einmal versagt hatte. Ich war so traurig und wütend auf mich, dass ich Adi so sehr vertraut und ihm diese eine blöde emotionale SMS geschickt hatte. Dennoch, je mehr ich mich über ihn ärgerte, umso mehr musste ich an ihn denken. Aber ich wollte ja mein Leben komplett ändern, aus der Prostitution raus, mir Ruhe gönnen und ein normales Leben beginnen. Mein kranker Körper und meine Psyche brauchten das. Und in dieses Leben passte Adi nicht rein.

Also rief ich G. an. Ich kannte ihn aus einem Klub in München. Vor acht Monaten hatten wir uns kennengelernt. Er war der einzige Freier, der sich mit mir die ganze Nacht nur unterhalten hat und dafür fast 6.000 Euro zahlte. Darin eingeschlossen war natürlich der beste Champagner. Den Kontakt zu ihm habe ich dann aber unterbrochen, weil er seine Ehe retten wollte: Ich war nämlich sowas wie seine heimliche Eheberaterin. Außerdem hatte er sich in mich verliebt. Aber ich hasste es, wenn Kunden von Liebe sprachen. Deshalb habe ich das Bordell gewechselt und bin von München weg.

Als ich diesmal seine Nummer wählte, wollte ich spüren, dass ich jemandem wichtig bin. Egal wie, ich wollte das Gefühl haben, für jemanden von Bedeutung zu sein.

„Hallo G.! Ich habe mich nicht gemeldet, weil ich professionell sein wollte. Hast du deine Ehe retten können?"

„Was ist passiert, Maria?", fragte er, ohne auf meine Frage einzugehen.

„Ich brauche deine Hilfe ..."

Er unterbrach mich sofort mit freudig erregter Stimme: „Es freut mich, dass du mich anrufst. Wie ...?"

„Scheiße geht es mir, richtig scheiße", unterbrach ich G. und weinte dabei bitterlich.

„Wo bist du?" Er klang besorgt.

„In einer Wellness-Sauna in Wien, aber nicht zum Chillen, sondern zum Ficken!" Ich weinte und redete wie ein Wasserfall, wollte vom Schmerz meiner Wertlosigkeit loskommen. „Ich bin seit gestern da, aber in dieser verfickten Bude mit Poollandschaft und einem Haufen Tschefatsch-Weibern halte ich es nicht aus."

„Was sind Tschefatsch-Weiber?", fragte er.

„Der Dreck aus Rumänien. Die arbeiten nicht, die sind billig, dumm und aggressiv. Das sind niveaulose Strichnutten. Brr ...! Ich gehöre nicht hierher!" Ich schrie ihn fast an, so traurig, verzweifelt und böse war ich auf mich. Denn ich fühlte mich wie eine von denen, aber so wollte ich mich keine Sekunde lang mehr fühlen. Schon zu diesem Zeitpunkt wusste ich, dass es für mich wieder eine harte Lektion werden würde. Aber das Bedürfnis nach ein wenig Ruhe war in diesem Moment das Einzige, was ich wollte. „Bitte hilf mir, G., ich muss hier raus, hab kein Geld! Die haben mich beklaut. 4.500 Euro sind im Arsch." Ich weinte bitterlich, so dass er das, was ich erzählte, kaum verstand.

„Warte, bitte beruhige dich erstmal!" G. versuchte, mich zu beruhigen. „Ich verstehe kein Wort. Maria, atme tief ein, dann aus und rede bitte langsamer, damit ich dich richtig verstehen kann."

Ich atmete ein und aus, wischte mir die Tränen vom Gesicht und sagte: „Bitte G., wenn du die Mittel hast, hilf mir aus der Prostitution auszusteigen! Ich bin bereit alles zu tun, um es dir wieder zurückzugeben – koste es, was es wolle. Du hast damals versprochen, mir dabei zu helfen aus der Prostitution rauszukommen. Ich habe keine andere Möglichkeit als dich. Zu meinem Sohn kann ich nicht, in einen anderen Puff will ich nicht. Ich will im Grunde ..." Ich blieb in meinen verrückten und verzweifelten Gedanken stecken. „Ich stelle mich auf die Gleise und nehme mir das Leben. Ich bin sowieso krank, also was soll's", fuhr ich fort und legte auf, ohne seine Meinung abzuwarten.

Ja, genau. Ich werde mir nun endgültig das Leben nehmen, dann ist Ruhe, verdammt noch mal! Mir kann eh niemand mehr helfen. Ich bin seit der Vergewaltigung sowieso tot. Der Scheiß war nur der Beginn, seither bin ich von einer Scheiße in die nächste reingetreten, und Scheiße stinkt nun mal. Mein Leben hat mir bisher so gestunken, dass ich am liebsten daran ersticken und tot umfallen würde. Keiner kann mir das geben, was ich brauche, jedes Mal bin ich enttäuscht. Jedes Mal versuche ich zu vertrauen, und dann krieg ich einen Tritt in den Arsch. Wofür quäle ich mich überhaupt? Was bringt mir das Ganze? Ich habe eh nur noch ein paar Monate, bis mich der Sensenmann holt.

Das fegte wie ein Sturm durch mein Hirn. Ich steigerte mich so sehr in mein Selbstmitleid, dass ich gar nicht mitbekam, dass mein Handy ununterbrochen klingelte.

Ich zog mich an, packte das letzte Mal meinen Koffer und marschierte aus der Billigficker-Tempeloase raus. Ich war fest entschlossen, mir diesmal das Leben zu nehmen. Selbstmord, einmal hatte ich es ja schon versucht – damals in der Nähe von Hallein.

Draußen fegte mir ein eiskalter Wind um die Ohren, obwohl die Sonne genau über mir stand. Aber dank der Sonne merkte ich die Kälte nicht so. – Mein Handy klingelte erneut.

„Maria, bitte, ich flehe dich an, mach keinen Scheiß! Ich kann dir so nicht helfen. Du weißt genau, dass ich mir Sorgen um dich mache. Gib uns beiden eine Chance. Du wirst sehen, alles wird gut, nur erlaube mir, dir zu helfen. Ich will nichts von dir, keine Angst, du musst mir nichts dafür geben. Du sollst einfach nur diese Möglichkeit ergreifen, dir von mir helfen zu lassen. Ich verlange nichts von dir, nur dass du lebst, dass du dich nicht aufgibst und dass wir Freunde bleiben. Es wäre so schade um dich, dafür liebe ich dich zu sehr. – Pass auf, ich habe einen Plan. Wenn du willst ..."

Er redete nun wie ein Wasserfall. Ich atmete tief ein und bemerkte, dass ich ihm wichtig war. Meine Augen brannten von den vielen Tränen der letzten Tage und die Sonne blendete mein Gesicht. Ich stand auf dem Parkplatz des Saunaklubs, trotzdem konnte ich das Haus nicht sehen, nur seine Umrisse. Mir wurde klar, dass ich einen Schutzengel hatte. Mir war schwindelig, für einen kurzen Moment kam mir Anezka in den Sinn.

„Warte, ich muss kurz schreien, dann höre ich dir wieder zu! Mein Schmerz muss raus." Ich nahm das Handy weit weg von meinem Ohr, schaute in die grelle Sonne und schrie Anezka an: „Ist es das, was du von mir wolltest? Ist es das? Wo bist du? Wo ist deine Güte? Wolltest du mich bei dir haben? Hast du mich überhaupt geliebt, du alte Hexe, du? Du hast mich verlassen und ich musste dir so vieles versprechen. Für was? Für was ist das gut, dass das Leben mich so fickt? Seit du dich verpisst hast, gibt es nichts als Scheiße für mich. Ich hasse dich, Anezka! Ich hasse dich! Jetzt kannst du lange warten, bis ich zu dir komme. Du hast mich allein gelassen, jetzt bleib in deinem beschissenen Himmel auch allein!" Ich spürte, wie sehr mein Körper zitterte, was allerdings nicht der Kälte zuzuschreiben war, sondern meiner Wut. Ich atmete ein und aus, bis ich merkte, dass es mir wieder besser ging.

„Sorry, das musste sein", sagte ich ins Telefon. „Ist alles gut, G. – Sorry, ich bin kurz durchgedreht, bin völlig fertig mit den Nerven. Danke, dass ich dir so wichtig bin. Ich will … Egal was ich will. Ich will nur nicht als abgefuckte Hure sterben. Ich sehe die Sonne, man. Ich habe seit Tagen keine Sonne gesehen. Bitte hilf mir! Ich bin eine Mutter, ich darf …"

„Genau, dein Sohn hat nur dich. Also, wo bist du jetzt?", unterbrach er mich.

„In Wien."

„Hast du Geld?"

„Nur 50 Euro. Ich musste jeden Tag 50 Euro Miete in dem Schuppen bezahlen, egal ob ich was verdient habe oder nicht. Gestern habe ich keinen Cent verdient, weil ich einfach nicht für

50 Euro ficken wollte. Zudem hat mir irgendjemand 4.500 Euro aus meinem Spint geklaut." Ich brach wieder in Tränen aus.

„Ok, Maria! Bitte hör mir gut zu! Kennst du jemanden in deiner Nähe, zu dem du gehen kannst?", fragte er mit sanfter Stimme.

„In Wien nicht."

„Ok, dann geh in irgendein Hotel, buche dich dort ein und ruf mich dann an!"

„Kann ich nicht, für 50 Euro kriege ich doch kein Hotelzimmer."

„Das ist nicht wichtig, ich bezahle das alles mit meiner Kreditkarte. Überlasse mir das bitte mit dem Geld."

„Aber G., ich kann es dir jetzt nicht zurück ..."

„Das ist egal, Maria."

„Ich will aber auch keine Beziehung. Ich kann deine Privathure ..."

„Nein, Maria, rede nicht so!", unterbrach er mich erneut. „Es geht jetzt darum, dass du zur Ruhe kommst. Höre endlich auf, so kompliziert zu sein."

„Ok! Was soll ich sagen? Ich merke, dass ich dir nicht egal bin, finde aber keine Worte für das, was du bereits jetzt für mich getan hast", erwiderte ich leise und mit Dankbarkeit.

„Nimm einfach meine Hilfe an. Ich stehe zu dem, was ich gesagt habe."

„Ich danke dir."

Ich musste kurz Luft holen, dann fragte ich ihn: „Kann ich auch ein Hotel in Salzburg nehmen, G.? In Salzburg lebt meine Freundin Sieglinde, die ich über Adi, einen ehemaligen Freier, kennengelernt habe. Sie hat direkt neben einem Hotel ein Lokal. In Wien halte ich es keine Sekunde länger aus, hier sind mehr Ausländer als im Ausland. Du weißt ja, die scheiß Türken erinnern mich an meine Dämonen, und Sieglinde hat mit Hurerei nichts zu tun. Das könnte mir gut tun, mal mit normalen Menschen zusammen zu sein."

„Mir ist egal, wo du ein Hotel nimmst, nur nimm eins und mach keinen Scheiß, ok? Bitte versprich mir, dass du dir nichts antust!"

„Nein!"

„Was, nein?"

„Nein, ich tue mir nichts an, versprochen! Ich werde das schaffen. Es geht mir wirklich schon viel besser", sagte ich und dachte daran, wie viel Glück ich hatte, dass sich dieser äußerst reiche Mann in mich verliebt hat. „Danke G., dass du für mich da bist. Ich gebe dir das Geld eines Tages zurück."

„Das musst du nicht. Lebe einfach, ok? Fahre nach Salzburg, mache dir einen schönen Abend bei deiner Freundin. Schalte ab, nimm dir so ein

Hotel mit Schwimmbad und Sparbereich. Lass dich verwöhnen. Wir telefonieren dann, wenn ich für deine Ankunft alles organisiert habe. Ich bin auf einer Geschäftsreise und erst in vier Tagen wieder da. Aber sorge dich nicht, ich mache das schon." G. gab alles, um mich zu beruhigen, und es gelang ihm.

„Ja, danke G.! Ich werde mir jetzt ein Taxi nehmen, fahre zum Bahnhof und rufe meine Freundin in Salzburg an", sagte ich und spürte eine riesen Erleichterung in meinem Körper. Ich war G. so dankbar, dass er so positiv und lässig auf meinen Hilferuf reagiert hatte.

Im Taxi musste ich daran denken, wie sich im Leben doch alles wiederholt. Als ich in jungen Jahren mit dem Straßenstrich aufhörte, gab es Werner, der mir geholfen hat. Jetzt gab es G., der wie Werner verheiratet war. Ich spürte ein ganz großes Stück Glück in mir, wusste aber auch, dass meine Lebensreise noch weiter ging.

Als ich in Salzburg ankam, holte mich Sandra ab. Sie war eine flüchtige Bekannte aus der Prostitution, nur mit dem Unterschied, dass sie nicht in einem Bordell arbeitete, sondern die „sehr private Nummer" war, was ich immer vermieden habe. Das Risiko, in einer Wohnung einem Psychopathen zu begegnen, wo einem keiner zu Hilfe kommen kann, war nichts für mich. In Bordellen gab es einen Manager, gab es Kommunikation mit der Polizei und Sicherheit. In Österreich mussten die Mädchen sogar einen Gesundheitsnachweis vorlegen, um in dieser Branche arbeiten zu können. Doch die Kondompflicht hat kaum einen Freier interessiert. Es gab sogar extra Geld fürs Ficken ohne Kondom. Auf dieses „Extra" habe ich allerdings prinzipiell verzichtet.

Sandra freute sich sichtlich mich zu sehen und fuhr mich direkt in ein Hotel, das nicht weit entfernt von einem meiner „Stammlokale" lag. Ich wusste, dass Adi hier verkehrte, und wollte mich von ihm für immer verabschieden, denn mir war klar, dass ich diesen alten Idioten nie wieder sehen würde.

Ich buchte ein Einzelzimmer, rief noch mal G. an und ging dann zu Sieglinde in den „Bierbrunnen", dessen Besitzerin sie war und der sich auf der Münchener Hauptstraße kurz vor Freilassing befand.

Es war das erste Mal nach langer Zeit, dass ich mit Freunden getrunken habe, ohne dass ich hinterher mit jemandem aufs Zimmer musste, um Sex zu haben. Adi tauchte dann mitten in der Nacht auf und wir unterhielten uns. Er bat mich, mit ihm vor seiner Abreise am nächsten Tag noch einmal zu frühstücken. Ich sagte zu, wenn er das Frühstück bezahlen würde. G. sollte für so was nicht aufkommen. Nach zwei Gläschen Wisky-Cola verabschiedete ich mich von Adi und Sieglinde und ging ganz alleine in mein von G. bezahltes Hotelzimmer schlafen, und zwar in ein frisch bezogenes Einzelbett. Vorher telefonierte ich mit G. noch eine Weile. Dabei fühlte ich mich so geborgen.

Am nächsten Morgen, als ich mit meinem ganzen Gepäck in den Frühstücksraum kam, saß Adi schon an einem Tisch. Er war sehr traurig, mich verloren zu haben, und doch war er froh, dass ich durch seine Dummheit aufhören musste, mich zu prostituieren.

„Adi, was glaubst du werde ich für G. sein? Gewiss, ich würde das Gleiche sein, was ich für Miros Vater war: eine private Hure. Früher oder später wird die Zeit kommen, da er auch nur ein Mann ist. Er hat es sich verdient, von mir geliebt zu werden. Und ja, wenn er gut zu mir ist, werde ich ihn lieben. Bis dahin ändert sich aber nichts! G. sagt zwar, dass er mir helfen will, aber ich kenne den Preis. Andererseits ist das für mich aber ok. Ob ich nun so eine Hure bin oder auf privater Ebene, das ist doch egal. Wichtig ist nur, dass ich keine billige Absteige bin, dass er kein Psycho ist und dass er mich liebt."

„Liebst du ihn auch?"

„Ja, irgendwie schon, obwohl ich mit ihm noch nicht so viel Zeit verbracht habe wie mit dir. Er wollte mir schon einmal helfen und mich aus dem Bordell rausholen, doch damals war ich nicht bereit, sein und mein Leben darauf einzustellen. Ich liebe ihn dafür, dass er immer gut zu mir war. Und ich hasse ihn, weil er mich schon einmal im Stich gelassen hat, weil er damals zu feige war, mir zu helfen. Wäre er das damals nicht gewesen, hätte ich dich niemals kennengelernt. Nur deswegen gab ich ihm und mir eine zweite Chance. Das geht dich aber im Grunde nichts an. Er hat mir jetzt geholfen, und das zählt. Alles, was er von mir verlangt, kriegt er auch ..."

„Auch Liebe?"

„Mit Sicherheit, Adi. Er hat meine Liebe bereits jetzt schon verdient."

„Und ich habe sie verloren. So seid ihr Huren. Ein Fehler, alles ist aus", entgegnete er in einem seltsam traurigen Ton.

„Was hättest du mit mir machen wollen, Adi? Du bist fertig mit der Welt und ich bin es auch. Ich will dich nicht noch mehr zerstören."

„Gut, dass du gehst, bist mir eh zu stark. Hast du mich geliebt, Maria?"

„Ja sehr, Adi. Ich tue es immer noch. Aber das nutzt uns beiden nichts."

„Und warum liebst du gerade mich? Du bist eine so wunderschöne Frau, so stark, so intelligent."

„Nein, bin ich nicht. Wenn ich das wäre, hätte ich keine Fehler gemacht und professionell weitergearbeitet. Ich hätte niemanden gebraucht, um aus der Scheiße rauszukommen. Ich bin schon deswegen nicht intelligent, weil ich mich in dich verliebt habe. Warum du? Weil du noch schlechter dran bist als ich. Ich wollte dich retten. Das Witzige daran ist nur, dass ich mich jetzt selbst retten muss. Ich bat dich damals, die Hände von mir zu lassen. ‚Nimm eine andere', habe ich dich angefleht. Du hast mit mir gespielt, jetzt hast du die Scheiße. Ich liebe dich und werde deswegen nun sehr lange weinen. Ich hatte endlich jemanden gefunden, der mir wichtig war, aber du hast das nicht geschätzt. Ich will dich nicht dafür bestrafen, ich bin nur traurig, weil ich dich verlassen muss. Ich war mit dir glücklich, egal was du für eine Scheiße geredet oder gemacht hast. Ja, vieles an dir hat mir gefallen, anderes nicht. Aber Liebe allein reicht nicht aus. Das tut mir irgendwie weh, denn ich wollte für dich mehr als nur wichtig sein. Ich wollte, dass du mich liebst. Wir hatten die Zeit, und das haben wir daraus gemacht. Du wolltest das so, und ich kann mich da nur bedanken. So intelligent bin ich." Meine Stimme klang nicht boshaft oder aggressiv, ich war einfach nur ehrlich und traurig. „Ja, so sind wir Frauen", fuhr ich fort. „Jetzt bin ich nur noch eine Frau, die gleich zum Flughafen muss und zu einem Mann fliegt, den sie um Hilfe gebeten hat, weil du ja mit dem Rumzeigen meiner SMS unbedingt auf die Kacke hauen musstest. Seppi hat nämlich geglaubt, dass ich mich mit dir heimlich treffen würde. Du warst ganz schön dumm, doch ich war noch dümmer, dir die SMS überhaupt zu schicken. Und ja, ich werde ihn lieben, weil er das verdient hat."

„Wirst du nicht, nicht so wie mich. Dafür bist du zu ehrlich. Maria, ich bin zwar scheiß eifersüchtig darauf, dass er es sich leisten kann, dich zu sich zu holen, aber ich gönne es dir. Ich weiß, dass du es bei ihm gut haben wirst. Bescheiße ihn nicht und versaue es dir bei dem Typen nicht. Er muss in Ordnung sein, sonst hätte er das Ganze für dich nicht gemacht. Werde gesund und sei glücklich! Du bist ein so schöner Mensch, wenn du glücklich bist. Wie ein Engel, nur mit schwarzen Haaren. Darf ich dich zum Flughafen fahren, bitte?"

Mir war klar, dass er auf keine Sekunde mit mir verzichten wollte. Ich wusste, dass er das ehrlich meinte, was er sagte, und deshalb gönnte ich ihm und mir einen zivilisierten Abschied. Außerdem empfand ich das als meine Pflicht, denn die Zeit mit mir hat ihn finanziell ruiniert. Er hätte sein letztes Hemd für mich gegeben und musste nun auf meine Liebe verzichten.

„Mit Liebe spielt man nicht, Adi. Egal welches Spiel man mit der Liebe treibt, es ist immer falsch und es gibt keine Gewinner: niemals."

Adi kämpfte mit den Tränen. Er wollte für mich stark sein, um meine Tränen nicht ertragen zu müssen: „Bleib mir treu, Arschloch!" Er gab mir einen Kuss auf die Stirn. „Du hast recht. Ich liebe dich, aber ich will dich nicht lieben. Du bist zu geil, und das ist nicht gut." Er schaute mich so an, dass ich in seinen Augen seine Jugend entdecken konnte. Ich sah ihn, wie er einmal gewesen war. Ich sah seine Sehnsucht nach mir, nach Glück, nach Liebe. Und ich? Ich liebte diesen Menschen, wie man einen Gott liebt. Ich glaubte, mein ganzes Leben lang nur ihn gesucht zu haben, fühlte mich mit ihm wie „Cassandra", lernte mich neu kennen und begriff, wie wertvoll ich einem Menschen sein kann. Adi hat in mir den Willen entzündet, in meinem Leben all meine Träume zu verwirklichen.

„Ok, jetzt müssen wir aber los!" Ich drängte zum Aufbruch, denn ich wollte meinen Flug in ein besseres Leben auf keinen Fall verpassen.

Auf dem Flughafen trafen wir seinen Kumpel, für den er in unserer Kennenlernphase eine Stunde mit mir bezahlen wollte. Ironie des Schicksals, dachte ich. Jedenfalls hat er bis zu meinem Abflug auf Adi gewartet. Er hatte ihn darum gebeten. Da wurde mir klar, dass sich Adi an diesem Tag ins Koma saufen würde. Die Angestellte am Schalter gab mir mein Flugticket und meinte, dass ich noch 45 Minuten Zeit hätte. Adi bat mich, noch einen Kaffee mit ihm zu trinken, und so sind wir noch mal ins Gespräch gekommen.

„Tut mir leid, dass ich dir das bei Seppi versaut habe. Ich weiß, dass du das beste Mädchen warst", sagte er.

„Sei still, es ist nicht mehr wichtig! Nichts ist mehr wichtig, nur meine Zukunft", sagte ich sanft und legte meine Hand auf seine.

„Ich habe es in den drei Monaten, in denen ich dich kenne, nicht ein einziges Mal gesagt, aber ..." Er atmete schwer und in seiner Brust schien alles zu rebellieren.

„Nein, sag es nicht", bat ich ihn. „Ich weiß es. Du bist der erste Mann, der mich als Engel mit schwarzen Haaren bezeichnet hat. Das konnte nur jemand zu mir sagen, der mich so ..." Ich unterbrach meinen Satz und schüttelte den Kopf. „Ach, was nutzt mir das jetzt? Nichts,

Adi. Es ist aus und vorbei. Mein Leben geht jetzt ohne dich weiter, obwohl ich dich liebe. Ich bin für die Liebe nicht bestimmt. Ich liebe den Falschen, und irgendwie musste es so kommen. Du hast eine Frau, du bist Alkoholiker, du bist alt und jede Hure in Salzburg kennt dich. Du bist der Albtraum jeder Schwiegermutter. Und doch liebe ich dich."

„Maria, eine Bitte habe ich noch. Falls deine Krankheit ausheilt und du weiterleben kannst, möchte ich dich noch einmal sehen, bevor ich die Augen zumache. Einmal noch mit dir ganz allein in einem Zimmer, deine Haut streicheln und dich ansehen, wenn du schläfst."

„Ja, das wirst du!", sagte ich. „Halte fest an diesem Bild und du wirst es noch einmal mit mir erleben. Falls bei G. etwas schiefgehen sollte, werde ich zurückkommen. Doch du musst wissen, dass ich niemals deine Frau sein werde. Wir werden nie zusammenleben."

„Du bist sehr klug." Mir fielen die Tränen in seinen Augen auf und wie er sie vor mir verbergen wollte. „Aber auch das nutzt mir nichts mehr. Vergiss mich nicht, dort bei Hamburg."

„Das muss ich, Adi. Früher oder später muss ich das."

„Eins muss ich dir aber noch sagen, Maria", entgegnete er mit roten Augen und einem sehr traurigen Blick. „Ich habe noch nie so eine Frau wie dich kennengelernt. Ich bin froh, dass du zu ihm gehst, denn ich kann dir nicht das bieten, was er dir gibt. Du bist das Schönste und Beste, was mir je passiert ist. Verzeihe mir diese Liebe und sei glücklich auch ohne mich."

„Adi, bitte rede nicht weiter, sonst steige ich nicht in den Flieger. Es war eine schöne Zeit mit dir und jetzt wird sie für uns beide zu einer Erinnerung. Und das ist gut so, ich weiß es. Das passt schon so. Du bist mir nichts schuldig und ich dir auch nicht ..."

Mein Telefon klingelte plötzlich, G. war dran.

„Ja, G., nur noch zehn Minuten!"

...

„Ja, ich steige ein!"

...

„Ja, ich weiß, dein Freund holt mich ab und bringt mich in die Ferienwohnung, die du gemietet hast."

...

„Nein, G., ich bin nicht allein!"

...

„Ja, G., ich steige ein, es ist alles gut! Danke dir, G., du hast mich gerettet."

...

„Ja, wir hören uns, sobald ich in Hamburg gelandet bin."

Als ich aufgelegt hatte, schaute Adi mich so perplex an, als ob er einen Geist oder eine Heilige ansehen würde.

„Ich habe gerade mitbekommen, wer du bist, Maria", sagte er mit einem seltsamen Unterton, so dass ich eine Gänsehaut bekam.

„Ja, ich weiß, Adi. Jetzt muss ich aber. Ich wünsche dir alles Gute für den Rest deines Lebens." Ich beugte mich zu ihm herunter, da ich ein Stück größer war als er, und küsste ihn.

„Leb wohl, Liebe meines Lebens", sagte er, als ich schon im Durchgang der Abfertigung stand.

„Ich weiß, Adi", flüsterte ich für mich und wusste, dass ich ihm alles verziehen hatte. Ich wusste, dass es nur in den Sternen stehen würde, ob ich ihn noch einmal sehen würde.

Auf dem Flug nach Hamburg lehnte ich meinen Kopf gegen das Fenster und weinte. Ich weinte, weil ich acht Monate lang als Prostituierte gearbeitet hatte, ohne am Ende wirklich Geld in der Tasche zu haben. Ich weinte, weil ich den Krebs in mir spürte. Ich weinte, weil mir bewusst geworden war, dass ich doch einen Mann lieben konnte. Ich weinte auch wegen G., weil er mich liebte. Ich weinte, weil ich so eine Vergangenheit hatte. Ich weinte, weil ich nicht wusste, wann ich meinen Sohn wiedersehen würde. Ich weinte und weinte, weil ich tausend

Gründe hatte und wahrscheinlich keinen davon je bewältigen würde.

Als ich gelandet war, wartete Reiner bereits mit offenen Armen auf mich. Ich freute mich riesig, ihn zu sehen. Er war der beste Freund von G. und ich kannte ihn schon aus München. Wir haben uns immer gut verstanden; ich mochte und schätze ihn sehr. Er telefonierte gerade mit G. Als ich zu ihm kam, unterbrach er das Gespräch, um mich in seine Arme zu schließen. Es war eine andere Umarmung als die, die ich bisher von ihm kannte. Sie war freundschaftlich und nicht eine Sekunde sexuell. Ich war ihm so dankbar für diese herzliche Umarmung. Dann telefonierte er mit G. zu Ende, packte meine Koffer in den Kofferraum seines extravaganten schwarzen BMW, machte mir die Beifahrertür auf und wartete, bis ich Platz genommen hatte. Im Auto sagte er: „Schön, dass du diesmal gekommen bist. Ehrlich, geglaubt habe ich es nicht. Umso mehr freue ich mich, dass du es diesmal ernst meinst. G. liebt dich abgöttisch."

„Ich bin hier, weil G. mir seine Hilfe angeboten hat, nicht um eine Beziehung zu zerstören und eine neue zu beginnen. Ich muss mich erstmal selbst zurechtfinden, Reiner."

„Ja, ich weiß. G. hat es mir erzählt. Liebst du ihn?"

„Als Mensch, ja. Als meinen Partner ...? Da will ich nichts überstürzen." Ich musste mir auf die Zunge beißen, um nicht zu sagen, dass ich in der Zeit des fehlenden Kontakts zu G. einen anderen kennengelernt hatte, in den ich wirklich verliebt war.

„Nur keine Fehler machen", hörte ich „Cassandra" in mir und war sofort wieder traurig, dass sie da war. „Du hast eine Abmachung. Du hast G. nicht belogen und nutzt ihn nicht aus. Es ist nur eine Möglichkeit, die du ergriffen hast, nicht mehr und nicht weniger. Es kommt immer alles, wie es kommen soll. Jetzt geht es ums Überleben, da ist alles möglich, sogar Liebe."

Ich wusste, dass ich mir damit nur etwas schönredete, wusste, dass ich nicht ehrlich zu G. und Reiner gewesen war und dass es mir schon fünf Minuten nach der Landung leidgetan hat. Doch zurück wollte ich nicht, also musste ich abwarten, bis ich mich mit G. persönlich und ehrlich über alles unterhalten konnte.

Er rief mich alle paar Minuten an, um mir das Gefühl zu geben, dass er immer bei mir sei. Ich wusste nicht, ob ich mich darüber freuen oder traurig sein sollte, denn ich wollte einfach nur schlafen und mit niemandem reden.

Reiner hatte schnell festgestellt, dass ich sehr traurig und müde war. Deshalb redete er mit mir nicht sehr viel, so dass ich in dem bequemen Auto einschlief. Reiner weckte mich erst zwei Stunden später vor einem Einkaufscenter.

„G. meinte, du sollst dir hier Lebensmittel für ein paar Tage kaufen", sagte er.

„Ich habe kein Geld."

„Das passt schon, ich bezahle deinen Einkauf. Wenn du magst, gebe ich dir auch ein paar Hundert Euro, damit du deinen Einkauf selbst erledigen kannst."

„Ich kann keine Schulden machen. Hab keine Ahnung was jetzt passiert, wovon ich dir das zurückgeben soll."

„Das habe ich schon mit G. alles ausgemacht. Er ist mein Freund, und wenn er jemanden liebt, liebe ich diesen Menschen auch." Reiner nahm meine Hand und legte mir ein Bündel grüne Geldscheine drauf. „Hol dir was, ich warte hier."

„Nein, komm bitte mit!" Mein Blick fiel auf das Geld. Ich bedankte mich und fuhr fort: „Ich war schon ewig nicht mehr alleine einkaufen. Es macht mir Angst, mich unter normalen Menschen zu bewegen, bin etwas aus der Übung."

Er entgegnete nichts, stieg aus und begleitete mich. – Die Angst vor normalen Menschen wird bei Prostituierten als Puffkoller bezeichnet. Jeder Mann war eben ein potenzieller Freier und jede halbwegs ansehnliche Frau und Mutter war eine Hure. Das alles brachte mich psychisch ans Limit, denn ich war dieses sogenannte normale Leben einfach nicht gewöhnt. Aber ich riss mich zusammen, kaufte Obst, Gemüse, Milch, Toilettenpapier, zwei Semmeln und ein wenig Aufschnitt.

„Mehr brauchst du nicht? G. kommt erst in zwei Tagen, du solltest lieber mehr in deinen Einkaufswagen legen. Du bist in den zwei Tagen ganz alleine, ohne Auto und wohnst mitten im Wald."

Ich packte noch ein Brot dazu und meinte, dass ich nicht mehr brauche. Im Grunde wollte ich einfach nur raus aus dem Markt. Ich fühlte mich beobachtet und nackt, und das war wirklich kein schönes Gefühl.

G. rief mich auch beim Einkaufen an und war erfreut, dass ich die ganze Fahrt von Hamburg nach Aurich durchgeschlafen hatte. Es war schön, dass ich für jemanden auf diese sanfte Art wichtig war.

Nach dem Einkauf fuhr mich Reiner zu meiner Unterkunft. Ich hatte keine Ahnung, was G. da für mich organisiert hatte. Reiner fuhr über einen Waldweg zu einem großen weißen Haus. Er stieg aus, ging um den Wagen rum, machte mir höflich die Tür auf und wies auf das Haus, das für die nächste Zeit mein Zuhause sein sollte. Vor dem Haus stand ein Pärchen älteren Jahrgangs. Es waren die Vermieter. Reiner redete kurz mit ihnen, überreichte ihnen ein Briefkuvert und sie gaben ihm die Schlüssel.

In der Umgebung roch alles nach frischem Moos, was mir sehr vertraut und doch unangenehm war. Sofort musste ich an meine Vergewaltigung denken, als ich mit 15 Jahren nackt und barfuß durch den Wald irrte und um mein Leben rannte. G. wusste nur wenig davon, also konnte ich es ihm auch nicht übel nehmen, mich in diesem großen Haus, umgeben von Wald, untergebracht zu haben. Aber mir war in diesem Moment schon klar, dass meine Augen viel weinen würden, und das taten sie auch.

Mein Telefon klingelte, ich ging ran und hörte am anderen Ende die Stimme von G.

„Hallo G."

...

„Nein, ich bin noch nicht in dem Haus. Reiner redet noch mit den Vermietern."

...

„Ja, gleich geht es los. Ich möchte allein durch das Haus gehen. Die Vermieter erklären Reiner gerade alles. Ich mag nicht mit Menschen reden, ich brauche jetzt nur noch Ruhe. Sobald ich im Haus bin, rufe ich dich an.

...

„Ja, danke G., ich dich auch." Ich legte auf und war verzweifelt.

„Gott, was erwartet mich hier", flüsterte ich in Richtung Himmel, dann schaute ich auf mein Handy. Reiner war mit den Vermietern noch nicht fertig, also tippte ich eine SMS ins Handy und sende sie an Adi: „Bin in Sicherheit. G. kümmert sich um mich wie um einen Diamanten. Ich werde es hier gut haben. Lebe wohl und sei glücklich, wie ich es hoffentlich bald sein werde. Ich verzeihe Dir. In Liebe, Deine Maria." Gerade als ich die SMS abgeschickt hatte, kam Reiner auf mich zu. Er gab mir den Schlüssel, holte meinen rosa getigerten Koffer aus dem Kofferraum und deutete mir an, ihm ins Haus zu folgen. Die Vermieter gaben mir zum Abschied die Hand, stiegen in ihren Wagen und fuhren fort. Reiner stellte meinen Koffer in den weiß gestrichenen Flur und verabschiedete sich ebenfalls mit einem Händedruck und der Frage: „Du kommst zurecht?"

Ich nickte. Er hatte es eilig, wieder in seine Firma zurückzukommen, versprach mir aber zu kommen, wenn etwas sein sollte oder ich etwas brauchen würde. Ich bräuchte nur anrufen, dann wäre er sofort da. Mir summte die Frage in den Ohren, ob ich zurechtkommen würde. Nein! Ich kam überhaupt nicht zurecht, mit nichts kam ich zurecht! Ich war immer der Meinung, wenn irgendetwas auf einer Lüge basiert, dann kommt nur Schleiße raus. Ich hätte daran denken und die Gefahren besser abschätzen müssen. Aber G. war nun mal meine einzige Rettung. Und weil ich zwei Jahre lang mit einer großen Lüge lebte, habe ich diese Entscheidung, mich mit G. einzulassen, aufs Tiefste bereut.

Ich bedankte mich bei Reiner für alles, was er für mich und G. getan hatte und schloss hinter ihm die große hölzerne und mit Glas eingefasste Tür. Meinen Koffer ließ ich zunächst im Flur stehen und inspizierte das Haus.

Als Erstes fiel mir ein Klavier auf, das direkt neben der Tür in einem Raum stand. Ich freute mich sofort, denn ich musste an Frau J. aus meiner Kindheit denken und probierte aus, ob ich das kleine Stück von Beethoven „Für Elise" noch spielen konnte.

Das Klavier musste neu eingestellt werden, so viel hatte ich festgestellt, dennoch freute ich mich, dass ich dieses Stück noch spielen konnte. Ich merkte, wie gut mir die Musik tat, die mich an meine Kindheit erinnerte. Und sofort spürte ich ein Hauch von Glück in meinem Herzen. Ich bin in Sicherheit, ich werde im eigenen Bett schlafen. Das war das Einzige, was für mich zählte.

Ich sah mich während des Spielens im Raum um und war sehr positiv überrascht. Es war ein altes Haus, schien aber neu renoviert worden zu sein. Mitten im Raum stand vor einem Flachbildfernseher ein Ledersofa. Ich hatte schon seit ewiger Zeit kein fern geschaut und freute mich darüber, dass ich mir in dieser Nacht irgendeinen Film oder eine sinnlose Serie ansehen konnte.

Ich klappte das Klavier zu, stand auf, griff mein Handy, machte „YouTube" auf und stellte klassische Musik ein. Und während ich der Musik lauschte, erinnerte ich mich an meine Zeit als Tänzerin. Ich dachte an all die Frauen, denen ich das Tanzen beigebracht hatte, an all das Schöne in meinem Leben und an meinen Sohn, der sich allein durchs Leben kämpfen musste. Dann ging ich plötzlich erschrocken einige Schritte zurück: Ich stand in einem fremden Haus und war in einem fremden Bundesland, und das ganz alleine. Wie gern hätte ich meinen Sohn jetzt bei mir gehabt. Wie gern hätte ich meinen Sohn jetzt umarmt.

Ich wählte seine Telefonnummer, doch es sprang nur die Mailbox an. Ich legte wieder auf und ging weiter in den Raum hinein. An der einen Seite befand sich eine Essecke mit einem großen Tisch und vier Stühlen. Gegenüber war die Küche, sehr modern und mit Keramikkoch-feld. Es war alles da, was sich eine Frau nur wünschen konnte. Die Küche war rot und in Hochglanzoptik und die Elektrogeräte waren aus Chrom. Eine wunderschöne Küche, dachte ich und konnte mir sofort vorstellen, hier zu kochen.

„Ewig her, dass ich das letzte Mal gekocht habe", flüsterte ich, bin aus der Küche raus und bemerkte, dass diese Wohnung eine Galerie besaß. Ich stieg zur oberen Etage hinauf, dann musste ich mich erstmal setzen. Ein wunder-schöner Schlafraum öffnete sich vor meinen Augen. Ich konnte es kaum glauben. Da stand ein 1,40-Meter-Bett und drum herum war alles mit hellem Holz verkleidet. Dadurch wirkte der Raum auf mich sehr warm. Das Bett war aus Metall und sah aus wie ein richtiges Prin-zessinnenbett. Ich freute mich sehr und legte mich so angezogen wie ich war einfach drauf. Es roch sehr gut, war mit rosa Bettwäsche frisch bezogen. G. hatte an alles gedacht. Er ist so gut zu mir, dachte ich gerade, als er erneut anrief.

„Alles gut bei dir?"

„Ja, danke G., das Haus ist superschick."

„Ich habe es im Internet gesehen und sofort für dich gebucht. Sie vermieten normalerweise nicht außerhalb der Session, aber ich wollte es unbedingt für dich haben. Also hat es am Ende doch noch geklappt. Willkommen zu Hause, liebe Maria! Sobald ich wieder da bin, begrüße ich dich – so wie du es verdienst."

„Nein, nein, G., alles gut! Ich bin dir sehr dankbar, dass du dich so um mich kümmerst. Ich weiß noch nicht, wann ich mich gut fühlen werde, aber ich bin sehr glücklich darüber, in Sicherheit zu sein. Es tut mir sogar gut, dass ich die paar Tage für mich alleine habe."

„Wie es im Moment ausschaut, könnte ich bereits morgen Abend da sein", sagte er.

„Das wäre schön, nur mach dir bitte keinen Stress. Ich schaffe das schon."

„Ich komme, sobald es mir möglich ist. Ok, Maria? Ruh dich aus und nimm ein Bad; es muss auch eine Badewanne im Haus sein", sagte er ganz fürsorglich. Dann verabschiedeten wir uns, wollten aber vor dem Schlafengehen noch mal voneinander hören.

Nachdem ich aufgelegt hatte, suchte ich das Bad auf. Leider war die Badewanne nicht in meiner Wohnung, sondern in der gegenüberliegenden, die nicht vermietet war. In meinem Bad gab es ein Waschbecken und eine Dusche, natürlich war alles blitzsauber. Über die Dusche freute ich mich riesig, denn es gab niemanden, der sie vor oder nach mir benutzt hatte, so wie im Bordell. Ich entschloss mich, zu duschen. Das warme Wasser rieselte angenehm über meinen Körper. Ich fühlte mich so wohl wie schon lange nicht mehr, und ich hatte ein Dach über dem Kopf. Ich dachte an G. und fragte mich plötzlich, ob es wirklich der richtige Schritt gewesen war, sein Hilfsangebot anzunehmen. Er wollte schon Morgen eintreffen, so er es möglich machen konnte. Aber da waren auch die zahlreichen Anrufe, diese perfekte Organisation, das schöne Haus. All das machte mich sehr unruhig.

Gewiss, ich wusste, dass er mich abgöttisch liebte und sich Sorgen machte, ob es mir gut ging. Nur wollte ich ein paar Tage meinen Freiraum genießen, um eine Lösung für meine schwierige Situation zu finden. Aber so wie es aussah, hatte jemand das Problem für mich bereits gelöst.

Einerseits war das gut so, denn ich hatte mich ja selbst in diese Misere gebracht. Andererseits hatte G. Erwartungen, die ich erfüllen sollte. Ich war es aber gewohnt, für die Nichterfüllung von Erwartungen bestraft zu werden. Lief das seinerseits etwa auf eine feste Beziehung hinaus, die ich eigentlich gar nicht wollte? Ich suchte Hilfe und Freundschaft. Was sich später daraus ergeben würde, war eine ganz andere Sache.

Ich schob meine Gedanken beiseite und beendete das Duschen. Danach bereitete ich mir eine Scheibe Brot mit einem Fischaufstrich, packte zwei Tomaten und ein paar Gurkenscheiben auf einen Porzellanteller, kochte mir einen Früchtetee, machte in der ganzen Wohnung das Licht an und setzte mich vor den Fernseher. Als ich saß, klingelte mein Telefon erneut.

„Ja, hallo?"

„G. hier. Hast du geduscht?"

„Ja, hab ich."

„Und geht es dir gut?"

„Ja, alles prima. Wie geht es dir eigentlich bei dem Gedanken, dass ich hier bin?"

G. war hörbar aufgeregt und glücklich, dass ich da war: „Maria, ich habe mir so sehr gewünscht, dass du endlich zu mir finden würdest. Ich habe dich sofort geliebt."

„G., bitte! Wir müssen unbedingt über unsere Beziehung reden. Es macht mir zu schaffen, dass ich hier bin. Einerseits bin ich sehr glücklich und dankbar, andererseits habe ich in der letzten Zeit viel durchgemacht. Ich habe Menschen kennengelernt, die mir wichtig geworden sind, und ich vermisse sie gerade. Mein Leben ist komplett auf den Kopf gestellt. Ich habe Angst, dass ich dich ..."

„Alles gut, Maria. Ich verstehe dich. Wir reden morgen Abend, wenn ich zu dir komme", sagte er sanft auf mich einredend.

Ich wusste, dass er mich verstanden hatte. Von diesem Moment an war es schön mit ihm zu reden. Ich freute mich wirklich auf unser Wiedersehen.

Wir telefonierten fast 20 Minuten, und das tat mir gut. Danach nahm ich meinen Teller vom Tisch, an dem ich mich wegen der vier Stühle irgendwie verloren fühlte, und setzte mich auf die robuste Ledercouch. Ich schaltete den Fernseher ein und packte meine müden Beine auf den Couchtisch, während ich mein Brot aß. Schon nach zwei Bissen musste ich aufhören. Ich fühlte mich so einsam, starrte mein Handy an und hoffte, dass Adi anrufen würde. Doch er tat es nicht. Er tat es an diesem Abend nicht, am nächsten nicht und in den folgenden drei Monaten auch nicht.

G. besuchte mich jeden Tag. Manchmal blieb er auch über Nacht mit mir im Prinzessinnen-Bett. Sex mit ihm war keine Zumutung für mich. Aber zu meiner Überraschung bekam ich bald Liebesgefühle für ihn.

Er besaß viele Seiten, die ich lieben konnte, doch schon nach drei Monaten wendete sich das Blatt. G. kaufte ein Haus und seine Frau und die

Söhne zogen aus. Die Kinder waren gar nicht erfreut über die Trennung ihrer Eltern, dennoch akzeptierten sie mich und machten mich für nichts verantwortlich. G. war nach wie vor hundertprozentig für mich da und versuchte mit allen Mitteln mich glücklich zu machen. Ich begann meine Therapie, die G. finanzierte, und merkte schnell, dass sie positiv anschlug. In der ersten Zeit meiner Genesung konnte ich das Haus nicht verlassen, denn ich war bettlägerig. G. kaufte mir einen großen Laptop, mit dem ich dann den ersten Band meiner Biografie „*Cassandra: Die Angst hat zwei Gesichter*" zu schreiben begann.

Ja, alles hätte perfekt sein können. Wir waren ehrlich zueinander. Ich erzählte ihm sogar von Adi und er vertraute mir, dass ich den Kontakt zu Adi vollständig abgebrochen hatte. Das stimmte bis zu dem Zeitpunkt, als ich wieder vollständig gesund war.

G. hat mir nichts verboten, nicht einmal das Kiffen. Da wir in der Nähe der holländischen Grenze wohnten, fuhren wir oft für ein oder zwei Tage nach Gröningen, wo ich offiziell kiffen konnte, sogar auf der Straße. Bis auf die Tatsache, dass ich mich auch nach einem halben Jahr noch nicht heimisch fühlte, war alles in Ordnung. Ich fühlte mich zwar geliebt, aber irgendwie auch nur geduldet. Ich hatte schwere Schuldgefühle gegenüber seiner Frau und seinen Söhnen und zog mich immer mehr in die Einsamkeit zurück. Egal was G. auch ausprobiert hat, ich fühlte mich bei ihm nicht heimisch.

Eines Tages aber passierte etwas, das nicht passieren sollte: G. machte mir einen Heiratsantrag! Diesen ersten Antrag lehnte ich ab. Ich sagte ihm, dass ich noch an Adi und der Vergangenheit hängen würde. Er solle mir noch ein wenig Zeit geben. G. hat darauf sehr verständnisvoll reagiert. Ich war ihm dafür äußerst dankbar. Doch eines Tages sagte mir G., dass er einen Privatdetektiv auf Adi angesetzt hätte. Seine Telefonnummer hätte er auf der Telefonrechnung entdeckt. Na klar! Zu meinem Geburtstag hatte ich mit Adi kurz telefoniert, um ihm zu sagen, dass mein Leben perfekt sei. Es war ein Telefonat ohne Hintergedanken, ohne die Sicht auf ein Wiedersehen. Es war ein Telefonat mit einem Ex. Mehr einem „Exfreier" als einem „Ex-was-anderes".

Aber warum kontrollierte G. die Telefonrechnung und warum hat er es mir nicht gleich erzählt, sondern erst einen Monat später? Und was erlaubte er sich, andere Menschen auszuspionieren? Warum musste er mir auf diese Weise seine finanzielle Macht präsentieren?

Die „Cassandra" in mir hatte recht behalten. Ich hatte Mitleid mit Adi, nur deswegen habe ich ihn damals angerufen. Doch diese linke Nummer von G. war für mich wie ein Schlag ins Gesicht. Wegen eines Telefonats gleich einen Detektiv einzuschalten, fand ich mehr als übertrieben.

Ich war mit G. mittlerweile etwas über ein Jahr zusammen und wusste nun, dass es nur eine Frage der Zeit sein würde, irgendwann wieder in einem Bordell arbeiten zu müssen. Bis zu dieser Sache war G. für mich die einzige Bezugsperson, die ich in Niedersachsen hatte, nun fühlte ich mich noch einsamer als vorher. Von diesem Zeitpunkt an stritten wir oft miteinander, weil mich plötzlich alles an G. störte. Seine liebevolle Fürsorge wurde zur Erziehung. Ich weinte jeden Tag und bereute, mir damals nicht das Leben genommen zu haben. Ich wollte mich von G. trennen, doch dann bekam ich einen Welpen von ihm geschenkt, der meine Einsamkeit in Liebe verwandelte.

Ich liebte nicht G., nein, ich liebte meinen kleinen dicken Hund. Doch was auch immer zwischen G. und mir geschehen war, eines muss ich ihm zugutehalten: Ich habe ihm sehr viel zu verdanken. Ohne ihn wäre ich sicher gestorben, hätte niemals den ersten Band meiner Biografie geschrieben und auf den Markt gebracht oder meinen kleinen „Janus" kennengelernt.

Den Namen „Janus" hatte ich mir schon ausgesucht, bevor ich einen Hund bekam. Er war für mich die Lösung. Ich brauchte einen Hund, damit ich nicht völlig durchdrehte. Ich konnte mit mir nichts anfangen, denn alles, was ich machte, verwandelte sich in eine Katastrophe. Ich habe es nicht mal geschafft, rechtzeitig zu meinem 38. Geburtstag zu erscheinen, da ich mich auf dem Weg von Ihlow nach Aurich ständig verfuhr. Auf nichts konnte ich mich konzentrieren, denn es war wieder die Zeit, in der mich meine Dämonen fast in den Wahnsinn trieben und ich die Welt ohne zu kiffen nicht ertragen konnte.

Kurz vor meinem Geburtstag drehte ich wie jedes Jahr völlig am Rad. Ich konnte mich damals nie auf meinen Geburtstag freuen, denn da waren meine Erinnerungen an die Vergewaltigung immer allgegenwärtig. Ich sah dann nur noch Feinde um mich. Und so habe ich gelernt, mich für diese Zeit zurückzuziehen. Ich hasste diese Zeit, weil ich da mehr in Trance lebte als in der Wirklichkeit und nicht abschalten konnte. Doch dann kam mir die Idee, meine angstvollen Gedanken mit schönen zu überdecken. Ich musste mich um etwas kümmern, das mich brauchte. Ein weiteres Kind konnte und wollte ich nicht mehr kriegen, was ich allerdings schon mit 18 für mich entschieden hatte. Gewiss, mein Sohn brauchte mich auch und ich vermisste ihn sehr, aber ihm konnte ich nicht helfen, da er wegen seiner Ausbildung in Burg bei Magdeburg lebte. Davon abgesehen: Ich war bei G. nicht glücklich, wie hätte es dann mein Sohn sein können? Klar, einen Hund kann man nicht mit einem Menschen vergleichen, aber für so ein Wesen stellte ich kein Problem dar, es würde mich auch ungeschminkt mögen, würde mich brauchen und sich meine Liebe nicht erkaufen.

Ich brauchte also einen Hund und bekam ihn auch. Allerdings musste ich mit G. ein ganzes Jahr lang wegen dieses Themas diskutieren, doch letztlich setzte ich mich durch und bekam das beste Geschenk meines Lebens: Janus. Nach Anezka war er die schönste Erfahrung meines Lebens. Dieser kleine Hund war etwas ganz Besonderes. Seine Geschichte muss ich Ihnen von Anfang an erzählen: Es war kurz vor Weihnachten, als mir G. versprach, für mich einen Welpen auszusuchen. Ich war so glücklich wie ein kleines Kind. Die nächsten Tage beschäftigte ich mich intensiv mit der Suche und fand in einem Kleinanzeigeblatt ein Inserat mit abgebildeten Welpen. Sie waren so süß, dass ich am liebsten alle genommen hätte.

Als G. von einer Dienstreise zurückkam, zeigte ich ihm diese Anzeige. Er rief tatsächlich an und wir bekamen schon bald einen Besichtigungstermin. Ich war mir sicher, dass wir mit einem der Welpen zurückfahren würden, und war wie ausgewechselt. Die Tatsache, dass mir G. wirklich einen Hund kaufen wollte, machte mich so glücklich. Allerdings waren wir unterschiedlicher Ansicht darüber, welche Rasse wir kaufen sollten.

G. wollte „einen Schäferhund oder so was", wie er meinte. Ich schlug ihm drei Möglichkeiten vor. Zuerst einen „Weimaraner", also einen Jagdhund mit viel Bewegungsdrang, Mut und Selbstbewusstsein, dann eine Bordeaux Dogge. Wenn groß, dann richtig, dachte ich. Wir einigten uns schließlich auf eine „Französische Minibulldogge", so wie ich es mir gewünscht hatte. Natürlich kaufte ich jede Menge sinnlosen Kram dazu, weil es ihm bei uns an nichts fehlen sollte. Dafür ging ich in eine normale Kinderabteilung und kaufte eine „Sonne", wobei es sich eigentlich um eine quietschgelbe Babyspieldecke gehandelt hat, die einen Löwen darstellen sollte. Der Kopf des Löwen wirkte aber wie eine Sonne. Ich mochte diese Decke und mein Janus auch. Ein Tag nach seinem Tod war sie der wichtigste Bestandteil meines Lebens.

Als wir nach vier Stunden Autofahrt ankamen, holte die Hundezüchterin ein paar Welpen vom ersten Obergeschoss zu uns ins Souterrain. Sie hatte in ihrem Haus sicher noch mindestens dreißig verschiedene Hunderassen. Aber diese Frau war eine Kriminelle, denn sie handelte mit Hunden aus Polen. – Ich möchte einen reinrassigen Hund, eine speziell gezüchtete Rasse, eine französische Minibulldogge von einem guten Züchter kaufen, nicht so ein Dreck, dachte ich bei mir. Aber sie war als Züchterin in Deutschland anerkannt. Die vielen Trophäen in ihren Schrankregalen haben mich komplett überfordert. Ich traute dieser Frau nicht über den Weg. Heute könnte ich mich dafür in den Hintern treten, dass ich diese Zucht mit meinem Kauf unterstützt habe. Aber wie es eben so ist: Ich war da und er war dem Tod nahe.

Im Grunde wollte ich gar nicht, dass er bei mir sitzt, denn er wirkte auf mich irgendwie krank. Ich schob ihn sanft von mir weg, obwohl ich bereits wusste, dass ich genau diesen abgemagerten und mit Parasiten durchwurmten Welpen mitnehmen würde. Er saß angelehnt an meiner Wade und bewegte sich nicht ein bisschen. Vom ersten Moment an war er ein absoluter Sorgenhund, und doch hatte er mit seinem einzigartigen Blick das erreicht, was er wollte.

„Maria, nimm bitte lieber einen von den dickeren Welpen! Der hier hat sicher irgendwas", warnte mich G.

„Nein, ich muss den nehmen, muss ihn retten. Der hat höchstens noch eine Woche. Du hast das Geld und ich habe Geduld und Zeit. Das kleine Etwas wird sterben, wenn wir ihn nicht mitnehmen."

„Das ist sein Schicksal. Du sollst Freude an deinem Hund haben, keine Sorgen. Ich meine es nur gut, denn ich mag nicht, wenn du traurig bist. Und was passiert, wenn er uns wegstirbt? An dem wirst du keine Freude haben."

„Er wird nicht sterben, nicht in dieser Woche. Ich war auch mal am Sterben und schau, ich lebe. Es geht nicht darum, nur Spaß zu haben, G. Es geht darum, dass ich mich um ihn kümmern will. Bitte, darf ich ihn mitnehmen?"

Ich schaute G. mit dem Blick eines 5-jährigen Mädchens an. Natürlich konnte er da nur zustimmen. Ich packte den Welpen warm in eine Decke und G. erledigte den restlichen Kram. Ich war so voller Freude, dass ich meine Alarmglocken ausgeschaltet hatte. Was aber weit aus schlimmer war: Ich ahnte, dass ich dieses kleine

Wesen überleben würde. Doch ich wollte ihm eine Lebenschance geben. Und wenn es tatsächlich so schlimm um sein Leben stand, dann war es mein Bedürfnis, ihm mehr Zeit zum Sterben zu geben. Ich wollte ihm noch eine glückliche Zeit schenken.

Als die in Deutschland zugelassenen Züchter den Hund beim Kauf vorführten, zeigte mein kleiner frecher Bulli, wie klug er schon war. Er ließ sich vom Fressnapf nicht wegdrängen, sondern streckte seine dünnen Hinterbeine nach oben als würde er einen Kopfstand machen. Ich musste laut lachen, als ich sah, wie dieser kleine Hund fraß.

Er war gern bei uns, das merkte man. G. war sein Papa und ich war sein Ein und Alles. Immer wenn er mich ansah, konnte ich schon von Weitem erkennen, wie sehr er mich liebte. Damals musste ich drei Tage und vier Nächte lang alle paar Stunden aufstehen und ihn mit einer Spritze am Leben erhalten. In der Folge schaffte er es und wurde zu meinem zweiten Ich. Wir kommunizierten in einer Art und Weise, die kein Mensch verstehen würde, und doch wusste Janus immer, was ich wollte. Er war wie ein kleiner verspielter Junge. Wir spielten Fußball; er mochte auch Skateboard fahren und war so lernwillig, dass es manchmal schon lästig war. G. war häufig auf Geschäfts-reise und besaß keinen Draht zu dem Hund, zumindest dachte ich das damals. Aber dem war gar nicht so. Wir haben ihm sein Zuhause so schön gemacht als wäre er ein Kind für uns. Er wusste ganz genau, wie er uns ausspielen konn-te.

Ich glaube, dass dieser besondere Hund das Einzige war, das in der Beziehung zwischen G. und mir zu hundert Prozent mit Liebe und Ehr-lichkeit funktioniert hat. Er war das, was wir nicht waren. Er liebte uns: einfach, unkompli-ziert und ohne Stress zu machen, weil er sich auf uns verlassen konnte. Nun mochte ich sogar die Abende, wenn G. nicht auf Geschäftsreise war und wir alle zusammensaßen oder wenn G. und Janus gemeinsam einen Joghurt aßen. Alles war so harmonisch und liebevoll, dass ich G. für seine Liebe zu Janus immer dankbar sein werde.

Ich rettete ihm das Leben, als er krank war. Und er rette mich, weil er mit meinen Krank-heiten starb. Als Janus drei Monate alt war, musste ich nämlich wegen einer Operation ins Krankenhaus. Ich hatte eine Geschwulst im Hals, die entfernt werden musste. Nach dieser OP durfte ich mehrere Tage nicht reden. Das war interessant, denn ich musste alles auf-schreiben, was für mich aber kein Problem darstellte, da ich dank meiner noch unfertigen Manuskripte zu „*Cassandra: Die Angst hat zwei Gesichter*" und „*Buteo*" das tägliche Schreiben gewohnt war. Dennoch, jeder konnte lesen, nur mein Hund nicht. Also blieb mir nichts anderes übrig, als die Gebärdensprache zu lernen.

Janus kapierte schnell. Wenn ich reden wollte, wartete er auf meine Handzeichen, um zu verstehen, was ich meinte. Und als ich wieder gesund war, sang ich jeden Abend meinem Hund ein Lied von „Emy Winehouse" vor. Er liebte ihre Stimme und mochte es, wenn ich sie imitierte. Man kann sagen, das sei Humbug, doch ich glaube an Wunder und habe ein Recht darauf, weil mir immer wieder welche passiert sind. Janus war für mich das größte Wunder. Er starb, weil ich ihn kurz vor seinem zweiten Lebensjahr erlösen musste. Ich erinnere mich sehr genau daran, wie das war. Ich bin mit ihm vorher noch zu einem Tierarzt gegangen, um ihn untersuchen zu lassen.

„Wie alt ist der Hund?", fragte mich der Tierarzt, als ich mit Janus ins Arztzimmer kam.

„Nicht ganz zwei Jahre."

„Stellen Sie ihn bitte auf den Untersuchungstisch", sagte der Arzt, was ich sofort tat, obwohl Janus kein Leichtgewicht war. „Was hat denn ihr Hund?"

„Keine Ahnung, er hat aufgehört zu fressen. Er ist sehr schwach. Ich glaube, dass er epileptische Anfälle hat. Gestern, als ich mit ihm Gassi ging, klappte er einfach zur Seite, war kurz bewusstlos und fing an zu zittern. Also, ich selbst war Epileptikerin, daher weiß ich wie ein epileptischer Anfall aussieht."

Der Arzt tastete Janus am ganzen Körper ab, dann sagte er, dass der Hund komplett apathisch sei und er im Nebenraum eine Röntgenaufnahme und Ultraschall machen müsse. Zuerst aber wolle er ihm Blut abnehmen. – Der Arzt war etwa in meinem Alter, hatte eine Glatze und ein sehr sympathisches Gesicht. Er bereitete eine schmetterlingsartige Nadel vor und rasierte eine Stelle an der Pfote, während Janus mit der Zunge seine trockene Schnauze leckte. Dann stach er die Nadel in seine Vene. Janus zuckte kurz, aber die Blutabnahme klappte problemlos.

„Ich lasse die Nadel für eine Infusion noch drin. Aber es sieht nicht gut aus, Frau Nord. Wie schlimm es in der Tat ist, erfahren wir erst in ein bis zwei Stunden. Gehen Sie inzwischen einen Kaffee trinken oder etwas essen, dann kommen Sie noch mal her. Sobald ich mehr weiß, melde ich mich bei Ihnen." Ich streichelte Janus' riesigen Schädel und merkte seine Angst: „Puppi, ich komme gleich wieder. Du musst hierbleiben, ok?" Ich sprach mit ihm wie mit einem Baby, gab ihm einen Kuss auf seinen Kopf und überließ ihn dann der ärztlichen Versorgung. Janus schaute mir mit sehr traurigen Augen nach. Er ahnte sicher, dass sich unsere Wege bald für immer trennen würden.

Ich ging aus dem Sprechzimmer und machte, ohne noch mal zurückzublicken, die Tür hinter mir zu. Ich wollte zum Friedhof fahren und mich auf die Tatsache vorbereiten, dass ich das Einzige was mir am Herzen lag für immer verlieren könnte. So fuhr ich mit meinem blauen „Bietel" zu einem Friedhof, der sich neben der Kirche am Sternberg befand, setzte mich auf eine Bank und schaute hinunter auf die wunderschönen „Karawanken" – ein Gebirgsstock der südlichen Alpen. Von der Bank aus konnte ich viele kleine Orte sehen. Ich holte meinen Joint aus der Tasche und zündete ihn an.

„Das schaffst du, Maria. Das schaffst du", hörte ich wieder „Cassandra" in mir. „Wenn du das Tier wirklich liebst, musst du es gehen lassen. Es darf nicht wegen dir leiden. Schlimm genug, dass Janus sieben Monate auf dich warten musste. Kein Wunder, dass er krank wurde. G. hat dir den Hund nicht gegönnt, obwohl du alles getan hast, was er verlangt hat. Und nun? Den Hund wirst du nur bekommen, wenn du deine eigenen vier Wände hast. Ins Bordell gebe ich dir Janus nicht!"

Im Grunde wollte ich mein unzumutbares Leben Janus auch nicht antun. Ich erinnerte mich an ein Telefonat, nachdem ich G. verlassen hatte. Er fühlte sich damals von mir ausgenutzt, also habe ich die Beziehung beendet und bin wieder dorthin gegangen, von wo er mich „gerettet" hat – von wegen gerettet, nach einer Beziehung von zweieinhalb Jahren mit einem sehr wohlhabenden Mann endete ich wieder in einem Bordell.

Mir war es egal, wo ich meinen Kampf ums Überleben fortsetzen musste. Meine bisherigen Anstrengungen hatten nicht ausgereicht. Ich war damals einsam, obwohl ich mit G. in einer Beziehung lebte und einen Hund besaß. G. konnte nicht aufhören, mich andauern zu verbessern, und so hatte ich eines Tages die Schnauze so voll, dass ich mich wieder feige und mit einer Lüge davonmachte, damit er mich nicht finden konnte. Zumindest am Anfang fand er mich nicht, aber G. konnte sich ja einen Privatdetektiv leisten.

Als er mich fand, war es für eine Rückkehr zu spät. Ich wollte nicht nach seinen Regeln leben. Ich wollte meine Regeln: nämlich keine. Der Preis dafür war sehr hoch. Ich ging zum dritten

Mal in meinem Leben ins Bordell. Mein Plan stand fest, und ich hielt mich strikt daran, so schnell wie möglich Geld zu verdienen, eine kleine Wohnung zu mieten, allen Männern „Good Bye" zu sagen, meinen Hund zu holen und viele Bücher zu schreiben. Ich gab mein Vorhaben, den richtigen Mann zu finden, und das Versprechen an Anezka auf. Sie konnte mir nicht böse sein, denn sie war so tot, wie es mein Hund auch bald sein würde. Ich spürte tiefe Trauer in mir, weil sich in meinem Leben ständig alles wiederholte, wieder und wieder.

Erneut ließ ich auf einer Bank mein Leben Revue passieren und erinnerte mich daran, wie oft sich alles wiederholt hat. Das erste Mal saß ich so unendlich traurig auf einer Bank, als Anezka gestorben war. Das war keine richtige Bank, ich habe nur den Stein vor meiner Höhle so genannt – ein Steinfelsen, der einer Sitzbank ähnelte und auf dem ich in meiner Kindheit immer Ruhe suchte. Das zweite Mal, als ich so erschöpft und traurig war, saß ich in Prag auf einer Parkbank neben dem Hauptbahnhof. Damals hatte ich alles verloren: meine Familie, meine Jugend, meine Normalität. Es war nach der Vergewaltigung, als ich mich das erste Mal für die Prostitution entschieden hatte. Damals starb alles, was ich bis dahin gewesen war. Auf dieser Parkbank habe ich mich das letzte Mal „Stanja" genannt. Danach war ich nur noch „Maria" oder „Cassandra". Stanislava ist mein Geburtsname, und so steht es auch in meinem Pass. Ich hasste diesen Namen, weil er so hart und slawisch klingt. Maria ist mein Taufname. Nur Anezka nannte mich in meiner Kindheit so. Nach meiner Vergewaltigung wollte ich den Namen Stanja nie wieder hören. Stanja ist nur die Abkürzung von Stanislava.

Aber ich will euch damit nicht langweilen. Tatsache ist, dass ich auf dieser Bank begriff, wie viel negatives Karma ich in meinem Leben erzeugt hatte, besonders in Bezug auf meine Emotionen. Nur deswegen hat sich bei mir alles wiederholt, denn was wir im Leben geben, bekommen wir auf irgendeine Art und Weise zurück. Und so wird sich weiterhin alles wiederholen, wenn sich mein Leben nicht von Grund auf ändert. – Ich erinnerte mich, dass ich auf „Facebook" schon mal was über das negative Karma gelesen hatte. Plötzlich hatte ich das Verlangen, mich darüber intensiver zu informieren, doch da klingelte mein Handy.

„Maria Nord, ja bitte?"

„Ja, hallo! Ich bin es, der Tierarzt."

„Ja bitte, reden Sie!"

„Sie müssen sofort herkommen!"

„Wie schaut es mit Puppi aus?"

„Kommen Sie her, ich möchte es Ihnen persönlich mitteilen", sagte der Arzt mit trauriger Stimme.

„Sie müssen nichts sagen, ich weiß Bescheid. Bin in zehn Minuten da."

Ohne mich zu verabschieden, legte ich auf und ließ mich von einem Freund abholen. Als ich in der Praxis ankam und die Tür zum Warteraum aufmachte, lief mir Janus schon entgegen. Er war wie ausgewechselt. Er freute sich mich zu sehen, wedelte wie verrückt mit seinem Schwanz und drehte sich als wäre er völlig gesund. Ich konnte es kaum fassen. Janus hüpfte und sein Schwanz wackelte vor lauter Freude, als wollte er mir sagen: Schau, ich bin fit! Wir können gehen. Doch ich hatte ein ungutes Gefühl. Janus rannte zur Tür und wollte raus. Ich machte die Tür auf und er ging sofort auf ein Stück Rasen, um sein Bein zu heben und stolz sein Revier zu markieren. In der Zwischenzeit kam der Tierarzt zu mir und gab mir die Hand zur Begrüßung.

„Es ist die Infusion, stimmt's?", fragte ich.

„Ja!"

„Wie hoch ist die Wahrscheinlichkeit, dass er das durch Infusionen schafft?" Ich schaute den Arzt an und war so hoffnungsvoll.

„Keine! Seine Blutwerte sind so abnormal, dass er eigentlich tot sein müsste."

Ich schaute ihn verdutzt an.

„Wie?"

„Er hat 800 Mal mehr weiße Blutkörperchen, als er haben darf. Mit anderen Worten, sein Blut ist mehr Wasser als Blut."

„Muss ich ihn einschläfern lassen?"

„Sie müssen gar nichts, Frau Nord, aber Sie helfen ihm damit. Ein oder zwei Tage, höchstens drei hat er noch zu leben, doch nur unter größten Qualen. Der Hund leidet."

„Ok! Wir machen das, und zwar gleich", sagte ich dem Arzt, ohne meine Augen von Janus zu lassen.

„Brauchen Sie Zeit, um von ihm Abschied zu nehmen?"

„Nein, er riecht meine Trauer. Er weiß Bescheid und soll nicht eine Sekunde länger leiden, auch wenn es gerade nicht danach aussieht. Ich kenne meinen Hund, er will nur wegen mir ..."

Als ich zu ihm ging, wollte er das erste Mal vor mir weglaufen. Ich rief nicht und rannte auch nicht hinter ihm her, um ihn zu fangen. Ich hockte mich nur hin und wartete, bis er kam. Als er dann vor mir stand, sah er mich nur an.

„Komm, mein Junge, es ist Zeit!", forderte ich ihn auf. „Du weißt, wen du jetzt besuchen wirst.

Anezka wartet auf dich, und du wirst bei ihr bleiben, bis ich komme. Es dauert noch ein wenig, denn ich kann noch so viel Leid ertragen."

Mein Janus starrte mir ins Gesicht als hätte er jedes Wort verstanden. Es sah aus als würde er fragen, ob es wehtut. Dabei spürte ich seine Angst. „Ja, ganz kurz", sagte ich ihm. „Aber dann kommt die Stille und du wirst keinen Schmerz mehr spüren. Ich schaffe es hier schon ohne dich. Ich liebe dich, mein treuer Freund. Ich liebe dich so sehr, dass ich es tun muss."

Janus schob seinen Kopf unter meine Hand, so dass ich ihn streicheln konnte. Dann nahm ich ihn in den Arm und er quiekte auf. Er hatte sehr große Schmerzen in seinem aufgeblähten Bauch. Ich rückte ihn in meinen Armen so zurecht, dass es für ihn bequem war, dann gingen wir ins Sprechzimmer zurück. Bevor mir der Arzt das Röntgenbild von Janus zeigte, legte ich ihn auf den Untersuchungstisch.

„Sehen Sie, Frau Nord! Janus hat einen Herzfehler. Sein Herz ist so geschwollen, dass er kaum noch atmen kann. Sein Brustkorb ist für dieses große Herz zu klein. Es liegt an der Züchtung dieser Minibulldoggen. Ihre Organe sind groß, die Körper zu klein. Es ist faktisch so, als ob Sie den Motor eines Lamborghini in einen Smart einbauen würden."

„Er hat großes Herz, weil er mich so sehr liebt", entgegnete ich traurig. „Als er klein war, hat sein Herz in seinen Brustkorb gepasst. Es ist nur deswegen so angeschwollen, weil er so lange auf mich warten musste. Nun soll er nicht mehr leiden, keine Sekunde länger."

Der Arzt zog ein Schlafmittel auf und drückte es Janus in die Vene. Als er eingeschlafen war, verabreichte er ihm ein Gift. Ich hielt ihn in meinen Armen. Sein Kopf lag nah an meinem Gesicht, damit er mich bis zum letzten Atemzug riechen konnte.

Ich war froh, dass er fast zwei Jahre alt wurde, bedenkt man, dass er schon kurz nach dem Kauf gestorben wäre. Aber ein geliebtes Wesen im Arm zu halten und darauf warten zu müssen, dass die Spritze Wirkung zeigt und sein großes Herz aufhört zu schlagen, das war die traurigste Erfahrung in meinem Leben. Sein letzter Blick in meine Augen war so, als wollte er fragen: Was machst du mit mir? Ich werde für immer weggehen. Du brauchst mich doch. Ich kämpfe doch. – Ja, er hat gekämpft, wollte sich nicht hinlegen. Er wollte sitzen (solange es ihm möglich war) und mir damit zeigen, dass er bei mir bleiben will. Ich spürte, dass er leben wollte. Ich hoffte auch, dass er es schaffen würde, doch die Realität hat leider anders ausgesehen.

Als er seinen letzten Atemzug getan hatte und in meinen Händen starb, schwebte eine seltsame Stille im Raum. Ich spürte auf eine seltsame Art und Weise wie die Seele seinen wunden Körper verließ. Es war traurig und zugleich erlösend, zu sehen, wie sich sein Körper entspannte. Der ganze Schmerz und die Angst waren auf einmal weg. Der kleine Kerl hatte genug gekämpft, nicht nur für sich, sondern auch für mich oder sogar wegen mir. Denn wer sieht schon gern, wie sich etwas quält, das man liebt? Ich kenne Schmerzen und weiß, wie es ist, sich nicht mal zu trauen Luft zu holen, weil jeder Atemzug so verdammt wehtut.

Jedenfalls war ich unendlich dankbar, diesen Hund eine kurze Zeit seines und meines Lebens bei mir gehabt zu haben, und ich war froh, dass er nun nicht mehr leiden musste. Er hatte von Geburt an Angst, alleine zu sein. Er hatte Angst vor dem Tod. Aber der Tod gehört nun mal zum Leben, er ist die endgültige Ruhe. Er ist unwiderruflich und für uns alle sehr wichtig. Doch bis dahin sollten wir alle mehr auf die Zeit achten, in der wir noch lebendig sind, und dankbar für jede Sekunde sein, die wir leben dürfen. Wir sollten alles dafür tun unser Glück zu erleben, egal wo wir es auch finden. Wie absurd die Vorstellung vom Glück auch sein mag, man sollte danach greifen, unserer Vergangenheit verzeihen, uns selbst lieben und alles dafür tun, dass wir unvergesslich bleiben. Egal an wen die Menschen sich gern erinnern, es ist und bleibt unsere Existenz in dieser Welt. Der Körper ist nur unsere Hülle, damit wir sichtbar sind, alles andere ist Energie – die Seele, die wir alle haben.

Der Körper von Janus wurde auf dem Grundstück von Christians Eltern begraben. Manchmal fahre ich daran vorbei, da es von der Straße aus gut zu sehen ist. Christians Mutter hat mich sehr geliebt und Janus ein schönes Grab mit Kerzen und einem Grabstein bereitet, so wie er es auch verdient hat. Dafür bin ich ihr heute noch sehr dankbar.

Sein Todesfall hat mich jedenfalls in einen Schockzustand versetzt. Ich kann mich noch daran erinnern, dass ich danach bis zu zwölf Joints am Tag geraucht habe. Ich schlief kaum, weinte fast nur und habe gesoffen oder rumgehurt, um keine Gefühle zu spüren. Irgendwann war ich es aber leid, so viel zu weinen. Ich hatte es satt, immer alles zu verlieren. Ich hatte es satt, immer den anderen glauben zu müssen, obwohl ich es besser wusste. Niemand hatte solche Erfahrungen im Leben gesammelt wie ich, deshalb konnte mir auch niemand richtig helfen. Und deshalb ging auch mit G. alles zu

Ende. Den Tod meines Hundes habe ich G. noch immer nicht verziehen, denn hätte ich ihn früher bekommen, wäre er heute vielleicht noch am Leben.

Zwei Jahre nach der Trennung von G. hatte ich mich noch immer nicht wirklich von dieser Beziehung erholt. Alles, was der Mann so an mir geliebt hat, war nur eine Illusion in seinem Kopf gewesen. Eine Illusion, die er in jedem Fall realisieren wollte. Doch er hörte nicht auf mich, obwohl ich ihm immer sagte, dass es so nicht geht. Entweder liebt man mich, so wie ich bin, oder es wird verdammt wehtun. Und das wollte ich ihm beweisen. Aber ich hatte auch keine Angst davor, mein Leben von heute auf morgen zu ändern. Ich hatte nie etwas besessen und somit auch nichts zu verlieren. Und sterben tun wir eh immer alleine – außer, der Partner hält einem die Hand auf dem letzten Weg. Zeugt das von Güte, von Zuneigung, von einem „Ich-bin-für-dich-da"? Ja, ich denke schon!

Und dennoch gibt es viele Menschen, die sich in einer Beziehung verstellen, die nicht wissen, was sie wollen oder vom anderen erwarten. Gerät man in solch eine Beziehung, so wie ich Anfang 2011, hat es keinen Sinn länger zu bleiben als nötig. Jeder Partner quält sich nur unnötig und stiehlt dem anderen die Zeit, um vielleicht den Richtigen zu finden und damit die wahre Liebe.

Nach dem Tod von Janus wurde mir klar, wie wichtig mir G. im Grunde war. Meine Wut ihm gegenüber war zwar sehr groß, aber ich hasste und liebte ihn gleichermaßen. Er war der erste Mann, dem ich wirklich vertraute, bis zu dem Zeitpunkt, als er über den Detektiv sprach. Natürlich verstand ich, dass er sich meiner unsicher war, weil ich ihm nie sagte, wie gern ich ihm glauben würde. Doch als Janus gestorben war, wusste ich, dass ich recht hatte. G. hat mich jedenfalls so traurig gemacht wie kein anderer vor ihm, obwohl auch seine guten Seiten immer mal wieder zum Vorschein kamen.

Wie alle anderen vor ihm wollte auch er ein „Prinz" für mich sein und mich vom ersten Moment an beschützen. Er verliebte sich blitzschnell in mich, doch als ich ihn damals kennenlernte, ahnte ich noch nicht, wie gefährlich das Spiel mit der Liebe sein kann. Er sah seine Welt, die von Reichtum und Überfluss nur so strotzte, als die einzig richtige für mich und meine Entwicklung an. Er kümmerte sich zwar rührend um mich, denn auch er wollte mich nicht verlieren, doch in seiner Welt fand ich eine Umgebung, in die ich nicht hineinpasste. Ich kam aus armen Verhältnissen, wurde sozusagen am

Rand der Gesellschaft erzogen und fand mich in der Welt der Reichen gar nicht zurecht. G. zog nicht in Betracht, dass ich es auch ohne ihn schaffen könnte. Vielleicht konnte er das auch nicht, vielleicht liebte er mich dafür einfach zu sehr. Er wusste zwar, dass ich die Stärke dazu habe, aber er traute es mir vielleicht nicht zu und glaubte, dass es reichen würde, wenn ich ein Dach über dem Kopf und genug zu essen hätte. Nein, ich wollte mehr: Harmonie in der Beziehung und mich in meinem Tun bestätigt wissen. Denn welcher Mensch möchte schon sein ganzes Leben in einem goldenen Käfig leben, ohne etwas Sinnvolles zu tun. Und ich wollte etwas Sinnvolles tun. Doch das war gar nicht so einfach, besonders nicht, nachdem ich mein erstes Buch zu „Cassandra" geschrieben hatte und es veröffentlicht worden war.

Und wieder war es G., der damals als Einziger daran geglaubt hat, dass ich dieses Buch schreiben könnte. Dafür bin ich ihm heute noch sehr dankbar. Als ich mit dem Schreiben begann, vernichtete ich drei Laptops. G. verzieh mir, kaufte mir jedes Mal einen neuen Laptop und pochte darauf, dass ich das Buch bis zur letzten Seite fertig schreibe. Andere lachten mich nur aus und meinten zu mir: „Du und schreiben? Du kannst ja nicht mal richtig Deutsch."

Jedenfalls war es ein Gefühl des Glücks, als ich eines Tages mein eigenes, selbst geschriebenes Buch in den Händen hielt. Aber es war auch ein Fluch, denn der Roman beschäftigte sich mit einem so sensiblen Thema, dass er mein Leben nur noch mehr verkomplizierte. Ich hatte mich zum Beispiel bei einer bekannten großen Hotelkette als Zimmermädchen beworben und wollte einem ganz normalen Job nachgehen. Erfahrung darin hatte ich ja schon, doch jetzt konnte ich nicht mal das machen. Kurze Zeit nach meiner Bewerbung kam die Absage. Man begründete sie damit, dass man im Netz nach meinem Namen „gegoogelt" hätte und auf das Buch „*Cassandra: Die Angst hat zwei Gesichter*" gestoßen sei. Den Rest brauchte ich nicht mehr zu lesen. Ich hatte mir mit diesem Buch den Einstieg in ein normales Leben verbaut, denn kein solider Arbeitgeber würde je eine ehemalige Prostituierte einstellen.

Ja, bei G. hatte ich Hilfe und Unterstützung gefunden. Er hat mich aus einem Bordell geholt, in dem ich vier Monate lang gearbeitet habe, und die Welt in Bewegung gesetzt, um mich bei sich zu haben. Er hat mich faktisch gerettet: natürlich nicht selbstlos. Er war damals zur richtigen Zeit am richtigen Ort und hat genau das Richtige gesagt. Trotzdem bin ich froh, dass ich von G. fortgegangen bin, denn in einer Beziehung muss alles stimmen, alles ausgewogen sein. Eine gute Beziehung basiert auf Ehrlichkeit und nicht auf der Meinung: „Ich habe etwas für dich getan und nun bist du mir was schuldig." Eine Beziehung darf niemals ein Deal sein, denn dann ist es besser, wenn man sich trennt. Am Ende leiden nämlich beide darunter. Ich vertrete auch heute noch den Standpunkt: „Lieber ein Ende mit Schrecken als ein Schrecken ohne Ende." Jeder Partner muss in der Lage sein, in komplizierten Situationen einen Schritt zurückzutreten oder sanft auf den anderen zuzugehen, eben das Richtige im richtigen Moment zu tun. Wir konnten das beide nicht. Vielleicht waren wir in unserer Lebenseinstellung einfach nur zu unterschiedlich, zum Beispiel in welchem Umfeld wir aufgewachsen sind: er reich, ich arm. Vielleicht waren wir auch im Charakter zu unterschiedlich, ich kann es gar nicht so genau sagen. Ich fragte ihn ein halbes Jahr später, nachdem Janus gestorben war, ob er glücklich sei. Er bejahte meine Frage. Das bedeutet doch, dass ich wieder recht hatte. Es war richtig, von ihm zu gehen und wieder in die Prostitution zu wechseln, statt mich weiter von ihm aushalten zu lassen. Auf dem normalen Arbeitsmarkt hatte ich wegen meines Buches ja doch keine Chance.

Wie auch immer, ich musste wieder einmal versuchen, auf die harte Tour aus diesem Teufelskreis herauszukommen. Gewiss, was mir damals mit 15 passiert ist, dafür kann keiner meiner Beziehungspartner etwas. Aber sie hatten alle etwas gemeinsam: Sie wollten mich beherrschen; sie wollten mich haben; sie wollten mir das geben, was ich als Kind nie hatte: Erziehung!

Als Kind wollte mich niemand, nicht einmal meine eigene Familie. Ich war immer nur im Weg, fühlte mich hässlich und wusste nie, was mich erwartete. Nach meiner Schändung wollte mich komischerweise fast jeder Kerl. Lag der Grund vielleicht darin, dass ich zu meinem eigenen Schutz willensstark und resolut auf Männer wirkte? Nach außen hin vielleicht, aber im Innern bin ich ein sensibler Mensch, der nach dieser schlimmen Attacke noch sensibler wurde.

Ich suchte nach der wahren Liebe, nach Harmonie, doch ich bekam immer nur dasselbe: Angst vor dem Tod, vor Gewalt und vor Missverständnissen, etwas Falsches zu sagen oder gar zu machen. Die größte Angst hatte ich aber davor, jemandem zu vertrauen – vor allem mir selbst. Natürlich glaubte ich, dass es den perfekten Mann für mich nicht mehr geben würde. Niemand ist perfekt, ich schon gar nicht. Aber ich wollte einen Mann, der sich den Hintern für mich aufreißt, der nicht nur redet, sondern sich jeden Tag aufs Neue mit Sanftmut, Verständnis und Güte beweist. Einen „Prinzen", der mich rettet aber nicht erzieht. G. war nicht dieser Prinz. Und der Nächste wird es sicherlich auch nicht sein.

Ich lag also völlig zugedröhnt wieder im Bett eines Zimmers, das sich über einer Bordellbar befand, und fragte mich im Stillen, ob ich als eine ausgediente, zugekiffte und abgefuckte Hure enden würde. Seit Monaten schon trank ich so viel Alkohol, wie es nur ging. Seit Monaten schon kiffte ich so viele Joints, dass ich kaum noch reden konnte. Dessen ungeachtet, sobald meine Schicht begann, war ich fit, und das zu hundert Prozent. Die „Cassandra" in mir übernahm komplett die Kontrolle über mich. Und ich, die sanftmütige, zurückhaltende Maria, blieb in meinem Körper verborgen – so wie damals während der Tage der Vergewaltigung. Ich existierte theoretisch nicht, mein Körper funktionierte nur: irgendwie.

Der besondere Mann

Es war an einem Freitag, als es im Bordell gegen Mitternacht an der Tür klingelte. Der Kellner drückte an der Bar auf einen Knopf und die Tür öffnete sich mit einem summenden Geräusch.

Alle Mädchen kamen zum Tresen, um den Klienten zu begrüßen. Das ist in Österreich sehr typisch. Na jedenfalls kam ein Mann in unser Etablissement. Er trug einen eleganten schwarzen Mantel, trug kurze schwarze Haare, war nicht sehr groß, schlank und besaß ein sehr schönes Gesicht. Er ging mit sehr dynamischen Schritten an den Mädchen vorbei und folgte Jochen in den VIP-Bereich.

Ich hatte mich gerade an der Bar aufgestellt, als er auch an mir vorbei ging. Im Gegensatz zu den anderen Mädchen schaute er mich kurz an, lächelte sympathisch und verschwand mit Jochen für etwa eine halbe Stunde aus meinem Sichtfeld. Jochen bekam öfter mal Besuch von Freunden, die gleichzeitig auch Freier waren. In einem Bordell ist im Grunde jeder Mann ein potenzieller Kunde. Dieser Kerl war beides, das konnte ich sofort erkennen.

Nachdem sie mit ihrer Besprechung fertig waren, setzten sich beide an einen Tisch am Ende des Lokals, von wo man eine gute Sicht in jeden

Winkel des Raumes hatte. Jochen ließ immer ein Mädchen tanzen, wenn ein gut betuchter Gast erschien – diesmal schaute er zu mir. Ich verstand sofort und begann zu tanzen. Natürlich machte mir das Tanzen auch im Bordell Spaß, denn ich konnte es immer noch gut genug, um alle Blicke auf mich zu ziehen. Allerdings bekam ich für einen Tanz nur 50 Euro, und wenn ich dreimal tanzte, hatte ich genauso viel Geld wie bei einer halben Stunde Sex auf dem Zimmer.

Ich ging also hinter die Bar und der Kellner hielt meine Hand, damit ich mit meinen 17 cm hohen Absätzen die Stufen zum Tresen hinaufsteigen konnte. Das waren keine typischen Nuttenschuhe, ich bevorzugte immer schmale und elegante mit sehr hohen Absätzen, so wie sie meistens Sekretärinnen tragen.

Das Licht wurde gedämmt, dann erklang aus den Lautsprechern „Purple Rain" von Prince. Alle schauten zu mir, und ich merkte, dass es mir gefiel. Meine Augen waren nur auf diesen mir noch fremden Mann gerichtet. Er hatte mein Interesse geweckt. Erstens witterte ich ein gutes Geschäft und zweitens gefiel er mir sofort. Ich tanzte an der Stange, streichelte indes meinen Körper, streckte meinen Hintern in seine Richtung und warf ihm sexy Blicke zu. Sein verlegenes Lächeln verriet mir, dass ich ihm gefalle, was mich noch mehr anspornte. Eins meiner langen grazilen Beine schwenkte ich so hoch, dass ich meinen ganzen Körper nach oben katapultieren konnte – so hing ich kopfüber an der Stange. Diese Tanzfigur überraschte ihn, seine Augen strahlten und er schien von mir fasziniert zu sein. Ich zwinkerte ihm zu, lächelte ihn zuckersüß an und rutschte mit Oberkörper langsam auf die Theke. Ja, es war für mich leicht, eine faszinierende Show abzuliefern, da ich Jahre zuvor noch eine professionelle Tänzerin gewesen war, und das zahlte sich in einem solchen Etablissement natürlich aus.

Als ich mit meinem Striptease fertig war, legte mir der Kellner meinen seidenen Bademantel um die Schultern. Ich sammelte meine umherliegende Unterwäsche ein und huschte in die Garderobe, um mich wieder sexy anzuziehen.

An diesem Tag zog ich mein Cassandra-Kleid an, was mit der Zeit zu meinem Lieblingskleid wurde, da ich in diesem Kleid das meiste Geld verdiente. Ich fühlte mich wohl und sexy darin, und das strahlte ich natürlich aus. Es war rot, mit kleinen „Schwarowsky Steinen" besetzt, besaß einen ausgeschnittenen Rücken und viele dünne Riemchen, was sehr elegant und dennoch sexy wirkte. – Nachdem ich mich umgezogen und wieder die Bar betreten hatte, tauchte ein anderer Mann auf, der sich sofort für mich interessierte. Natürlich habe ich ihn begrüßt und mich kurze Zeit später bei einer Flasche Champagner mit ihm amüsiert. Ich setzte mich mit ihm meinem Chef gegenüber und schaute zwischendurch immer mal zu dem Mann, der mir ebenso gefiel und der seine Aufmerksamkeit auch öfter auf mich richtete.

Nach etwa einer halben Stunde ging ich mit meiner Kundschaft aufs Zimmer und machte meinen Job. Als ich wieder unten an der Bar war, bemerkte ich, dass der fremde Mann sich mit einem Mädchen unterhielt. Er schenkte mir einen zärtlichen Blick, sodass ich eine Gänsehaut bekam. Dieser Blick war wie ein Stromschlag, der sich bis ins Knochenmark ausbreitete. Es war ein wundervoller Moment.

Ich ging hinter die Bar, wo der Fremde gerade ein Zimmer mit einem anderen Mädchen bezahlte. Ich musste meinen Zimmerschlüssel abgeben, und so war es unvermeidlich, dass wir uns begegneten.

„Du bist die Neue, stimmt's?", fragte er.

„Nicht wirklich, ich bin seit einer Woche hier", entgegnete ich und zwinkerte ihm zu.

„Und, wie war es?"

„Na ja, so wie es sein soll." Mir schien, dass die Antwort auf jede weitere Frage passte.

Ich griff dann zu einer weißen Kaffeetasse und stellte sie unter einen Automaten, der auf dem Tresen stand.

„Ich bin Tobias", sagte er in einer Stimmlage, die mich erregte. Ich schaute ihn an und zauberte ein Lächeln auf meine Lippen.

„Freut mich, ich bin Cassandra." Ich streckte ihm meine Hand entgegen.

Sein Händedruck war sicher und stark, obwohl seine Handfläche weich war, was mir verriet, dass er keine harte Arbeit vernichtete, sondern eher eine hohe berufliche Position innehatte. Dennoch spürte ich ein Hauch von Verlegenheit. Sicher war er überrascht, dass ich so gut deutsch sprechen konnte und Manieren hatte.

„Trink ma nachher noch was zusammen?" Er sah mich an und lächelte wieder so sanft wie vorher, als das wartende Mädchen hinter der Bar nervös zu zappeln begann.

„Ich bleibe noch eine Weile", sagte ich leise und blickte auf meine Kaffeetasse, die sich inzwischen mit cremig-schwarzem Kaffee gefüllt hatte. Tobias ging an mir vorbei und streifte mit seinem Zeigfinger über die nackte Stelle meines tief ausgeschnitten Kleides. Diese sanfte Berührung auf meiner Haut kam für mich so plötzlich, dass ich wieder eine Gänsehaut bekam und die leichte Brise seines Duftes wahrnahm.

Er roch exzellent nach einem mir unbekannten Herrenparfüm, einem auffällig männlichen Duft. Ich war leicht erotisiert und mir gefiel dieses Gefühl.

Er ging zu einer zehn Jahre jüngeren Dame, legte seine Hand elegant um ihre schmalen Hüften und wanderte dann mit seiner Handfläche mittig an ihrer Wirbelsäule hoch. Als ob sie von ihm gesteuert würde, gab sie sich ihm hin. Wenig später verschwanden sie im VIP-Bereich. Ich schmunzelte ein wenig, denn mich interessierte dieser Mann.

Nach etwa einer halben Stunde füllte sich der Raum mit anderen Gästen, die Mädchen wurden lauter und die Stimmung ähnelte von Stunde zu Stunde mehr einer Diskoparty. Schon bald saß ich mit Jochen und anderen Gästen auf der Couch und trank Champagner.

Es dauerte nicht lange, da wurde ich für einen Gast das „Stammmädchen", wie man in einem Bordell zu sagen pflegt. Als Tobias dann zwei Stunden später wieder den Raum betrat, war ich bereits besetzt. Ich freute mich, dass ich ihn vor meinem Einsatz auf dem Zimmer noch zu sehen bekam. Monti, ein Gast, streichelte meine Oberschenkel, doch mein Blick landete direkt in den Augen von Tobias. Auch er schaute mich an, zwinkerte ein paar Mal und setzte sich mir gegenüber in den leer stehenden Sessel. Ich war etwas angeheitert und provozierte ihn mit jedem meiner Gäste. Ich fand ihn attraktiv und ihm ging es umgekehrt sicher ebenso.

Ich stand auf und sagte, dass ich aufs Zimmer gehen möchte, nahm aber die Hand von Monti, der mir mit einem breiten Grinsen im Gesicht folgte. Dabei gab er mir einen Klaps auf meinen kleinen Hintern. Doch bevor wir in den VIP-Bereich mit Whirlpool gingen, beugte ich mich zu Tobias und sagte laut und vor allen Anwesenden: „Mit dir werde ich nicht aufs Zimmer gehen, niemals!" Sein Blick sagte mir, dass unsere Liebe damit beginnen würde.

„Ist auch besser so", antwortete er verlegen.

Ich habe in diesem Klub achtzehn Monate gearbeitet, hatte viele Stammkunden, war beliebt und gefragt und wurde gehasst. Ich verdiente mein Geld mal leicht, mal schwer, und so verging die Zeit. Tobias sah ich ca. zwei bis dreimal im Monat. Ich sah zu, wie er immer mit anderen Mädchen im VIP-Bereich verschwand, sah, wie er sich kaputt machte. Anfangs haben wir uns nur höflich gegrüßt oder zarte Blicke zugeworfen – bis zu Halloween 2013, als er zu später Stunde als Teufel verkleidet im „Lamure" auftauchte. Ich stand gegenüber der langen Theke an einem Geländer, der als Raumteiler diente, und sah wie Rapunzel aus ihrem Turm auf ihn herab. Ich erkannte ihn erst auf den zweiten Blick, doch da schlug mein Herz schon wie verrückt. Er blieb vor mir stehen und sah mich verliebt an. Sein Blick war mir so vertraut wie nichts anderes auf der Welt. Er sah mich so liebevoll an, dass meine Knie plötzlich weich wurden. Und er war extrem sexy.

„Also wenn der Teufel so gut aussieht, dann sollte ich doch mal die Hölle besuchen", sagte ich zu ihm und lächelte sanft.

„Du bist doch jetzt schon in der Hölle, Kleines. Trotzdem bist du die geilste Nonne, die ich kenne, Cassandra." Ich nahm es als Kompliment auf, da ich als Einzige von allen Mädchen verkleidet war. Natürlich trug ich zu meinem sehr kurzen sexy Nonnenkostüm noch provokative Strapse und High Heels.

Jedenfalls hatte ich plötzlich das Bedürfnis, ihn anzufassen, was ich auch machte. Ich legte meine Hand auf seine Wange und er lehnte seinen Kopf gegen meine Handfläche. Ich spürte, dass er mich liebte, mich brauchte.

„Am liebsten würde ich jetzt für alle meine Sünden büßen, Teufel noch mal", flüsterte ich leise in sein Ohr. Es schien ihm zu schmeicheln, er lächelte, sah mich an, verzog seine Lippen zu einem Kussmund und wartete auf meine Lippen. Mir war sehr danach ihn zu küssen, und ich tat es auch. Ich gab ihm einen Kuss und merkte, wie sehr es mich nach ihm verlangte.

„Heute nicht, Maria. Du hast mich abgelehnt, ich kann jetzt nicht über meinen Schatten springen, auch wenn ich auf dich stehe." Nach dem Kuss nahm er meine Hand und küsste sie nach Gentlemanart. Ich schmolz in meinem Wohlbefinden dahin, bis ich begriff, dass ich ihn mit meiner Ablehnung damals sehr verletzt, blamiert und sein Ego angegriffen hatte. Ich hatte damals völlig außer Acht gelassen, warum Männer in ein Bordell gehen. Ich ärgerte mich furchtbar. Seine Antwort hatte jedenfalls gesessen. Mein Herz war kurz vor dem Explodieren.

„Tobi, bitte lass das Spiel, lass uns mal endlich Spaß haben", flehte ich ihn fast an.

„Ich kann nicht, du bist mir zu gefährlich, Maria. Du bist zu geil für mich." Diesen Satz kannte ich schon aus der Vergangenheit von Adi. Und Tobias hat mich dabei ähnlich angesehen wie Adi. – Der Kerl liebt mich, dachte ich kurz, während ich immer trauriger wurde. Mir schossen die Tränen in die Augen, nur bemerkte er sie nicht. Er drehte sich nach dem Kuss konsequent um, nahm sein Stammmädchen, welches auch ich hätte sein können, und ging seiner üblichen

Gewohnheit nach. Als er nach ein paar Stunden im VIP-Bereich das Lokal verließ, winkte er mir nur flüchtig zu und verschwand in den nächtlichen Straßen. Den Rest der Schicht konnte ich an nichts Anderes mehr denken als an Tobias. Er war charmant, edel, sexy und acht Jahre älter als ich. Dennoch wirkte er auf mich reif und klug.

Nach dieser Begegnung waren die folgenden mit Tobias etwas nüchtern, obwohl ich oft betrunken war. Wir begrüßten uns nur mit einer kurzen Handbewegung – mehr wollte er mir nicht geben. Ich habe es jedes Mal aufs Neue bereut, dass ich Monti in der bewussten Nacht bevorzugte. Doch wie es der Zufall wollte, kurz vor Weihnachten 2013 ergab sich eine ähnliche Situation. Ich saß mit Monti, meinem Stammfreier, auf meinem Stammplatz, als sich unsere Wege erneut kreuzten. Wie vor fast acht Monaten setzte sich Tobias auf den Sessel neben Jochi und sein Stammmädchen eilte herbei, um ihm Gesellschaft zu leisten. Wir amüsierten uns, so wie es andere Menschen auf einer fröhlichen Party tun würden.

Monti und ich tranken, rissen Witze und tanzten eng nach der Musik von Udo Jürgens. Tobi schaute mich liebevoll an und ich merkte, dass da mehr zwischen uns war, dass mir seine Aufmerksamkeit gefiel und dass das Kokettieren nicht mehr lange auf sich warten lassen würde. Die Stimmung war aufgeheizt und erregend. Tobi und Monti wollten gleichzeitig den ganzen VIP-Bereich buchen, aber das ging nicht. Also verlegten wir alle unsere Party für zwei Stunden in den VIP-Bereich.

Monti besaß einen großen Drang, sich und seinen Reichtum zu präsentieren. Deshalb wunderte es auch niemanden, dass er auf einem Spiegel ein paar Koksleinen für uns vorbereitet hatte. Da ich aber höllische Angst vor harten Drogen hatte, aber auf das Geld und die Party auch nicht verzichten wollte, war mein schauspielerisches Talent gefragt, eine von ihnen zu sein. Ich riss zwei kleine Ecken von einer Serviette ab, machte sie unbeobachtet nass, rollte die kleinen Papierstücke zwischen meinen Fingern zu kleinen Kugeln und steckte sie mir in die Nasenlöcher. Dann leckte ich unauffällig meinen kleinen Fingerrücken an, sodass das weiße Pulver beim Ziehen auf der feuchten Stelle festgeklebte. So zog ich die Koksleine (so bezeichnen es die Kokser) in die zwei Serviettenkugeln hinein. Nichts davon landete in meinen Nasenhöhlen. Ich tat so, als ob das Zeug eine super Qualität hätte, wobei ich mich mit Koks gar nicht auskannte. Trotzdem schöpfte niemand

Verdacht; immerhin hatte ich gerade Koks im Wert von etwa 30 Euro vernichtet. Diesen Trick habe ich dann später öfter angewendet.

Es war mir wichtig gutes Geld zu verdienen, aber nicht an Drogen abzurutschen. Zwar war es in Nachtklubs nicht streng verboten Drogen zu konsumieren, aber man hielt sich bedeckt, was das betraf.

Und was auf den Zimmern passierte, hat ein Bordellinhaber sowieso nie erfahren. Na ja, nur gut, dass es auf den Zimmern keine Kameras gab, denn wenn bekannt geworden wäre, dass ein Mädchen Drogen nimmt, hätte diese den Klub sofort verlassen müssen. Das Risiko rausgeschmissen zu werden, war in solchen Fällen also sehr hoch. Freier haben sich leider nie an solche Regeln gehalten, und die meisten Mädchen hat das gefreut.

Letztendlich war es so, dass die Mädchen, die nicht mitmachten, von koksenden Klienten gar nicht erst aufs Zimmer mitgenommen wurden. Somit verdienten diese sich eigentlich korrekt verhaltenden Mädchen auch nichts. Es war in der Tat der härteste Job meines Lebens, und ich bin bis heute froh, dass ich in Bezug auf harte Drogen klug und konsequent geblieben bin. Ich spielte meine Rolle als Profihure und blieb mir selbst treu.

Tobi amüsierte sich mit seinem Mädchen und Monti ließ seine Hände nicht von mir. Sie waren überall und ich spielte mit. Es hat mich im Grunde nicht gestört, da ich Tobias bei seinem Tun zuschaute. Mir reichte es zu sehen, wie er auf mein Interesse reagierte, und es spornte mich noch mehr an, ein böses Mädchen zu sein. Natürlich merkte ich, dass es ihn auch anmachte, wenn ich ihn beim Sex beobachtete. Sein Mädchen beugte sich über ihn und vernaschte ihn auf die französische Art. Ich spürte etwas Neid in mir aufkommen und wollte Tobias das gleiche Gefühl geben, das ich hatte.

Ich streichelte Monti am Oberkörper, dann drehte ich mich mit dem Rücken zu ihm, sodass ich Tobias sehen konnte, der sich mir gegenüber etwas verlegen bemühte seinen Mann zu stehen, während ich mit den Zähnen eine Kondompackung aufriss und Monti ein Kondom über seine Männlichkeit streifte. Das passierte so schnell, dass Monti nichts davon mitbekam. Außerdem war er auch reichlich betrunken. Ich setzte mich auf Monti und bewegte meine Hüfte erst langsam, dann schneller, und während ich mich auf ihm bewegte, sah ich Tobi direkt in seine blauen Augen. Er dagegen wich mir mit seinem Blick aus, doch irgendwann konnte er nicht anders und schaute mich doch an. Ich sah ihm tief in die Augen. Ich hätte schwören können, dass ich sein Herz auf die Distanz von zwei Metern schlagen hörte. Ich öffnete leicht meinen Mund und flüsterte in seine Richtung: „Ich will dich, Tobi."

Es war so leise, dass nur er meine Worte verstehen konnte. Seine Reaktion darauf und die Art und Weise, wie er mich danach angesehen hat, werde ich mein Leben lang nicht vergessen. Seine Blicke erregten mich so sehr, dass ich das Gefühl bekam, er wäre in mir drin. Plötzlich genoss ich diesen Gedanken so sehr, dass ich einen starken Orgasmus bekam, während ich ihn weiter ansah. So nah bei ihm zu sein und ihn doch nicht haben zu können, war für mich Segen und Fluch zugleich. Ich wusste nun, dass ich in ihn verliebt war.

Seine Augen glänzten und ich glaubte, Tränen darin erkannt zu haben. Er klopfte dem Mädchen auf die Schulter und schob sie sanft und höflich von sich. Er gab ihr noch einen Kuss auf die Wange, sagte ihr, dass sie eine rauchen kann, und goss sich ein Getränk ein. Auch ich unterbrach den mit Kondom geschützten sexuellen Akt. Tobias' Mädchen gesellte sich nun zu Monti und ich ging zu Tobi, trank einen Schluck und stellte mich dann so nackt vor ihn wie die Natur mich erschaffen hatte.

„Du bist verrückt und wunderschön, Cassandra", sagte er lächelnd und etwas nachdenklich.

„Du auch, Tobi."

„Darf ich dich küssen?", fragte er.

Ich antwortete nicht, sondern schaute kurz zu meiner Kollegin, die gerade die Welt vergessen und offenbar großen Spaß an dem Partnerwechsel hatte.

Ohne ein Wort zu verlieren, trat ich an Tobi heran und küsste ihn leidenschaftlich. Ich fühlte sein Herz schlagen und spürte sein Bedürfnis, mich haben zu wollen. Mein Körper zitterte, und durch die Hitze, die sich in mir ausbreitete, bekam ich am ganzen Körper eine Gänsehaut.

„Mach das nicht, Tobi", sagte ich.

„Was soll ich nicht machen, dich küssen?" Er grinste. „Du fickst mein Hirn!"

„Du doch meins auch." Ich lächelte kurz. „Es ist nicht richtig, ich vermiete die Zeit mit mir und meinem Körper. Meinen Verstand will ich frei von Liebe halten."

„Bist du verliebt in mich?"

„Fühlt sich so an, ja", entgegnete ich, drehte mich um und ging zu meinem Klienten, der inzwischen ejakuliert hatte. Ich war froh, dass meine Kollegin mir diese Arbeit erspart hatte, so konnte ich ein paar Momente mit Tobi verbringen. Doch als ich mich wieder zu ihm auf die Couch setzte und ihn streichelte, schob er meine Hand dezent zur Seite.

„Was ist denn los, willst du nicht?", fragte ich.

„Nein, ich will das mit dir nicht." Seine Stimme war weich, aber bestimmend.

„Wegen Monti?"

„Nein, weil du mich damals abgelehnt hast."

„Echt jetzt?" Ich war total überrascht. „Wie lange willst du ..."

„Ich kann mit dir eben nicht", unterbrach er mich.

„Weil du mich liebst?"

„Wir wollen nicht gleich übertreiben", sagte er und streifte sich sein weißes Hemd über.

Trotzdem ich mit Tobias nicht überein kam, waren alle Beteiligten an diesem Abend sehr glücklich, und hinterher wurde es auch noch lustig. Nach den zwei Stunden gingen wir wieder in den Barbereich und machten mit Party, Spaß und Alkohol weiter. Mit Tobias habe ich dann nicht mehr gesprochen. Immer wenn wir uns ansahen, versanken wir für einen kurzen Moment in unseren Gedanken. Natürlich war klar, dass Tobias mich genauso mochte wie ich ihn, aber nach dieser Begegnung änderte sich wieder nichts. Wenn er ins Bordell kam, ging er mit seinem Stammmädchen aufs Zimmer und verließ es so unauffällig, wie er gekommen war. Wir sind uns danach nicht mehr näher gekommen, jedenfalls nicht bis zu meiner letzten Nacht im Klub, da sich die Geschäfte verändert hatten und mein Interesse einem anderen Mann galt. Zu oft hatte ich Tobi nachgeschaut, wie er mit einem anderen Mädchen aufs Zimmer ging. Ich war jedes Mal sehr traurig, dass er sich nicht einmal mit mir unterhalten wollte. Er wirkte auf mich nun sehr arrogant, also habe ich losgelassen. Nur so kam ich mit meiner Zuneigung für ihn nicht mehr in einen inneren Konflikt.

Meine letzte Schicht in diesem Klub

In dieser Nacht kamen die meisten Stammgäste, um sich von mir zu verabschieden. Die Schicht verlief gut, ich hatte bereits gut verdient und war im Grunde darauf eingestellt, bald Feierabend zu machen. Doch dann kam Tobias.

Ich war noch besetzt, doch ich wusste, dass er mich noch einmal sehen wollte. Ich verabschiedete mich von meinem Gast, begleitete ihn zur Tür und ging gleich zu Tobi, der wieder an seinem Stammplatz neben Jochen Platz genommen hatte. Ich stellte mich in meinem Cassandra-Kleidchen provokativ vor ihn und stemmte meine Hände in die Hüften, als ob ich mit ihm schimpfen wollte.

„Tobi, wenn du mich jemals vögeln wolltest, dann hast du jetzt die letzte Gelegenheit dazu. Entweder gehst du jetzt sofort mit mir aufs Zimmer oder du wirst mich niemals bekommen", sagte ich und legte ein zauberhaftes Lächeln auf. Er sah mich von unten bis oben an und lächelte verlegen.

„Ok, dann eben jetzt!", entgegnete er und stand auf, während ich den Zimmerschlüssel holte.

„Geht in den VIP-Bereich! Cassandra, ihr bekommt das von mir als kleine Aufmerksamkeit des Hauses bezahlt", sagte Jochen und grinste übers ganze Gesicht. „Die letzte Nummer soll doch für Cassandra was Besonderes sein, und du Tobi warst das ganze Jahr über auf sie geil."

Ich bedankte mich bei ihm und ging voran. Ich spürte Tobis Blicke auf meinem Rücken, meinem Hintern, meinen Beinen und sogar an meinen Schuhen. Sie waren überall und weckten Begehrlichkeiten in mir. Zwischen uns entstand eine merkwürdige Energie, die ich überhaupt nicht richtig einordnen konnte. Manchmal dachte ich wir wären Freunde, dann wieder Feinde. Ein anderes Mal glaubte ich, dass wir ineinander verliebt wären, dann schien es ihm aber völlig egal zu sein. So richtig wurde ich aus dem Ganzen nicht schlau.

Ich schloss das Zimmer auf und ließ Wasser in den Whirlpool ein. Tobi bereitete uns inzwischen ein Getränk. Als er mit den Gläsern kam, war für den Akt alles vorbereitet. Das frische weiße Bettlaken hatte ich auf dem barocken Liebesbett ausgebreitet und zwei frische Handtücher legte ich auf den Badewannenrand, so wie sonst auch. Dazu stand eine Zewa-Rolle neben dem Bett und Kondome lagen griffbereit auf einem kleinen Beistelltisch.

„Auf deine letzte Nummer hier", sagte er etwas sarkastisch und lachte provokativ. Offenbar hatte ihn die Aussage von Jochen verletzt. Er wollte nicht, dass ich ihn nur als Nummer betrachte. „Ich bin froh, dass du von hier weggehst."

„Auf unser Wiedersehen", entgegnete ich und prostete ihm zu, ohne auf ihn zu warten.

Nach einem kräftigen Schluck stellte ich mein Glas weg und merkte mit jeder Zelle meines Körpers, wie sehr ich ihn wollte.

„Ich will dich küssen, Tobi."

Er sah mich sehr intensiv an, kam mir einen Schritt näher, legte seine Hand auf meine Wange und küsste zart meine Lippen, während er mich mit seiner linken Hand an der Hüfte packte und fest an sich zog. Seine Lippen berührten meine so zärtlich, dass ich sofort die Liebeslust in mir spürte und noch mehr von dem haben wollte, was er mir bereits gegeben hatte. Ich küsste ihn leidenschaftlich und wir liebten uns mit jeder Faser unserer Körper.

Es war höllisch warm in dem Raum, doch keiner wollte nur eine Sekunde auf irgendetwas verzichten, was nicht mit uns zu tun hatte. Er wollte mich und ich wollte ihn. Wir liebten uns, als ob wir füreinander bestimmt waren. Wir genossen jede Bewegung, jeden Atemzug, jeden einzelnen Moment. Wir vergaßen den Whirlpool und die ganze Welt um uns herum.

„Gott bin ich verrückt nach dir! Warum hast du nur zugelassen, dass wir erst jetzt ...“

„Weil es sonst nicht so gewesen wäre“, flüsterte er sanft und küsste mich, als ob er mich aufsaugen wollte. Mein Herz pochte und mein Körper zuckte, mein Unterleib war glücklich und gehörte ihm. Er war der einzige Mann, der mich auch unten französisch befriedigen konnte. Ich liebte ihn in diesem Moment wie niemanden zuvor.

Nachdem wir unseren Höhepunkt erreicht hatten, lagen wir eine Weile ganz fest ineinander verschlungen auf dem Bordellbett, ohne etwas zu sagen. Meine Gedanken schrien die ganze Zeit: Bitte bleibe bei mir, bleibe für immer. Jetzt, genau jetzt will ich an deiner Seite einschlafen und nie wieder aufwachen. Doch als mir die ersten Tränen über die Wangen liefen, stand ich auf und ging zur VIP-Lounge. Ich nahm eine kleine Schere, die sicher nicht dafür gedacht war, was ich mit ihr vorhatte, und ging zurück zu Tobi. Er schaute mich verdutzt an. Ich suchte in meinen lockigen Haaren eine Strähne aus und schnitt etwa zehn Zentimeter davon ab. Dann machte ich einen Knoten in die Strähne und bat Tobi um sein Portemonnaie. Er fragte nicht warum, er gab es mir einfach und rätselte weiter über mein Verhalten. Ich steckte die Strähne in ein Fach, das für Visitenkarten bestimmt war.

„Dieser Knoten wird uns für immer verbinden, egal wo ich in Zukunft sein werde", sagte ich. „Wir sehen uns heute nicht das letzte Mal. Möge mir deine Zuneigung für immer bleiben."

Es klang irgendwie beschwörend, wie bei einer Hexe. Ich klappte seine Geldbörse zu und gab sie ihm zurück. Er fragte mich nichts, lächelte nur verlegen, und ich sah an seiner Mimik, dass er sich über diesen Zigeunerzauber freute. Danach liebten wir uns so lange, bis jemand an die Tür klopfte.

„Ihr habt überzogen", hieß es hinter der Tür.

„Ja, das haben wir!"

Schicksal der Resonanz

Ich habe vielen Männern das Herz gebrochen, Gustav hat mich für alle bestraft.

Es gab einen anderen Bordellgast, für den ich mein Herz ebenso öffnete wie für Tobi. Es war Gustav. 2013 wurde er zu meinem Lebenspartner und 2017 zu meinem Ehemann. Ich wollte mit ihm Silvester verbringen und dann nach Amerika gehen, da ich ein großzügiges Geschenk von einem meiner Kunden bekommen hatte – ein Apartment in L.A., allerdings nur gemietet. Gustav war mir der liebste Mann, den ich bis dahin hatte.

Ich liebte ihn vier Jahre lang so sehr, dass ich im Januar 2015 von heute auf morgen aus der Prostitution ausgestiegen bin. Ich wurde mit ihm sehr glücklich, hatte ein schönes Leben an seiner Seite und zeigte mein Glück auf „Facebook". Dabei ahnte ich nicht, dass unsere standesamtliche Hochzeit dieses Glück zerstören könnte. Bei unserer kirchlichen Trauung, die wunderschön war, gab ich ihm mein Jawort. Acht Monate später bereute ich es zutiefst. Während dieser Zeit merkte ich schon, dass seine Mutter sich immer mehr in unsere Ehe einmischte. Alles sollte nach ihrer Meinung laufen. Und mein

Mann tat auch alles, was sie verlangte. Er sollte ihre Firma erben, dafür hatte ich auch Verständnis. Doch als er mich mit den Worten: „Ich würde dich gern mit einer Frau im Bett sehen!" manipulieren wollte, sagte ich in meinem Alkoholrausch: „Ok, dann mach ma das!"

So dumm wie ich kann doch kein Mensch sein. Jeder der mich mit meinem dritten Ehemann sah, war der Meinung, dass unsere Beziehung ewig halten würde. Ich habe diesen Mann mehr geliebt als mich selbst, und das war das Problem. Ich merkte nicht, dass er nicht stark genug für mich war. Er wollte mit mir etwas machen, das ein normaler Mann nie tun würde – einen Dreier im Bett. Ich sollte sexuell gesehen alles haben, wonach mir war. Ich glaubte ihm.

Gustav lernte schnell, sich an meiner Seite zu profilieren, und wie das zu bewerkstelligen war, das hatte er von seiner Mutter beigebracht bekommen. Wie meine anderen Partner war er natürlich genauso stolz, eine so attraktive Frau wie mich an seiner Seite zu haben. Doch schon bald wurden auch andere Frauen auf ihn aufmerksam, und das genoss er.

Eines Tages, als ich von meiner Vergangenheit erzählte, meinte er, dass er mich gern Mal mit einer anderen Frau im Bett sehen würde. Ich war damals sehr betrunken und extrem spontan, ich wollte ihm alles nur Erdenkliche gönnen, selbst einen Bordellbesuch. Ich sagte zu ihm, dass wir meinen alten Freund und Bordellbesitzer besuchen könnten, vielleicht hätte er ein Mädchen, das uns beiden gefallen würde. Da ich keine Vorurteile in Bezug auf Prostitution hatte, schien mir die Idee mit einer Professionellen ungefährlich.

Wir setzten die Idee schließlich in die Tat um. Mir hat es sogar gefallen, und die Dankbarkeit von Gustav war grenzenlos. Trotzdem, mir hätte es gleich klar sein müssen, dass er nicht reif genug für mich war. Aber ich wollte an dieser Liebe festhalten und dachte wirklich, für seine Liebe zu mir alles richtig gemacht zu haben. Ich merkte gar nicht, dass er nur mir zuliebe den starken Mann spielte und alles über seine sexuelle Energie auslebte. Es war so, dass er mich am liebsten zu Tode gevögelt hätte. Er liebte mich so sehr, dass er in jede Zelle von mir eindringen wollte. Ich erkannte nicht, wie verzweifelt ihn seine Liebe zu mir werden ließ. Er hatte große Angst mich zu verlieren, also ließ er mich erst gar nicht an sich ran, stattdessen drang er in mich ein – gedanklich wie emotional. Und ich lebte nach dem Motto: Wenn er glücklich ist, bin ich es auch. Tja, die Enttäuschung hat nicht lange auf sich warten lassen. Aber enttäuscht zu sein, ist für mich seitdem kein Weltuntergang, denn Enttäuschung bedeutet das Ende des Täuschens. Wir haben diese sexuelle Auffälligkeit, zwei Frauen und ein Mann, zu unserem Hobby gemacht. Niemand konnte mich so gut manipulieren wie dieser Mann.

Im letzten Jahr sind wir schon fast regelmäßig in unsere Stammbordelle gegangen und haben uns mit einem der Mädchen Sex gekauft. Bisweilen waren wir nur eine Stunde auf dem Zimmer, ein anderes Mal buchten wir ein Mädchen für die ganze Nacht und haben sie mit nach Hause genommen, was unserer Ehe dann aber zum Verhängnis wurde.

Nach so einer sehr lustigen Nacht wollte mein Mann das Mädchen zurück ins Bordell fahren, was er auch tat. Doch als er zurückkam und mir berichtete, dass sie sich beim Abschied geküsst hatten, traf mich das wie ein Pfeil ins Herz. Ich weinte und sagte ihm, wie sehr mich das verletzt hätte. Denn es war was anderes, mit anzusehen, was er tat und was sich ohnehin nicht richtig anfühlte, doch ohne mein Beisein eine Andere zu küssen, das tat mir weh.

Ich bat ihn, dass wir mit diesem seltsamen Hobby aufhören mögen, doch für einen Rückzieher war es bereits zu spät. Egal wohin wir gefahren sind, ob in den Urlaub oder auf einen Kurztrip, die Abende endeten immer in irgendeinem Stripklub oder in einem Bordell. Oft stritten wir deswegen, doch wenn wir wieder in Feierlaune waren, kam in mir das Bedürfnis der Dankbarkeit für unser Leben auf.

In unserem Alltag fühlte ich mich wie ferngesteuert. Er war es gewohnt, für seine Mama und Firmenchefin über unsere Liebe hinaus zu funktionieren. Nach drei Jahren merkte ich, dass mir dieses Marionettenverhalten immer weniger gefiel. Anfangs war ich sehr dankbar, dass ich aus der Prostitution aussteigen konnte. Dass ich diesmal aber zwei Menschen gehorchen sollte, machte mich zutiefst traurig. Meine Meinung zählte nicht, ich wurde immer öfter für Dinge kritisiert, die ich gut und rechtschaffen gemacht hatte. Am Ende war es für mich nur noch ein täglicher Kampf, um meine Liebe zu diesem Mann aufrecht zu erhalten. Er vernachlässigte mich von Tag zu Tag mehr, sich übrigens auch. Es gab nichts mehr Attraktives an ihm. Ich dagegen brauchte viel Aufmerksamkeit, denn er hatte sie mir ja entzogen. Also pflegte ich mich umso mehr, machte meine Haare, kaufte mir schöne Sachen zum Anziehen und präsentierte ihn und die ganze Firma als Vorzeigeobjekt. Nach vier Jahren gab es nur noch Diskussionen.

Die Firma wurde zu „dem" Mittelpunkt unseres Lebens. Sie saugte an unserer Liebe und an unserer Energie, bis nichts mehr übrig blieb, und er merkte es nicht. Wir arbeiteten faktisch wie in einer Endlosschleife und füllten uns hinterher mit Alkohol ab, um daran zu glauben, dass wir nur so glücklich sein können. Aber das waren wir nicht, und auf meine Warnungen diesbezüglich gab es nur sinnlose Diskussionen und schlimme Streitereien.

Mit der Zeit kam es dann auch zu Handgreiflichkeiten. Er war sich meiner Liebe zwar bewusst, fühlte sich aber in seiner Unreife gekränkt. Es musste so kommen, da gab es rückblickend für mich keine Zweifel, so traurig das auch ist.

Natürlich habe ich in dieser Zeit auch schöne Dinge erlebt und mich weiterentwickelt. Ich hatte eine große Traumhochzeit in der Kirche, wurde eine bekannte Tarotkartenlegerin, Ausbilderin und Lebenslehrerin. Ich habe meinem dritten Mann alles zu verdanken, was ich heute bin – eine freie, stolze, mir selbst treu gebliebene erwachsene Frau und erfolgreiche Geschäftsfrau. Nur mein emotionales Leben, meine Liebe blieb wieder einmal auf der Strecke. Am Ende stritten wir so häufig, dass jede Unterhaltung zu einem mühsamen Akt normaler Verständigung wurde. Ich hatte auch oft Angst vor ihm und seinen Ansichten, da er nicht zögerte, mich auch körperlich anzugreifen.

Einmal lief mir das Blut aus der Nase, ein anderes Mal würgte er mich so sehr, dass ich bewusstlos wurde. Einmal stieß er mich so derb gegen einen Küchenschrank, dass ich ins Krankenhaus musste, wo dann ein leichter Schlaganfall bei mir festgestellt wurde. Das ging so ein paar Mal im Jahr, und so heftig, dass ich echt Angst hatte, er würde mich irgendwann mal umbringen. Aber wenn man jemanden liebt, dann schlägt man ihn doch nicht. Ich frage mich heute noch, warum er das getan hat. Dennoch hatte ich mit ihm die intensivste und schönste Beziehungszeit meines Lebens, für die ich ihm dankbar bin. Dieser Mann gab mir alles, nur mich zu schätzen, das hat er nicht gelernt. Aus heutiger Sicht betrachte ich seine spendable Art so, als wollte er damals irgendein Schuldgefühl loswerden.

Ich verbrachte jedenfalls vier Jahre in Reichtum und mit einer Liebe, die keine war. Erst spät merkte ich, dass ich mich in einem sektenähnlichen Verein befand. Aus solchen Verhältnissen kann man noch schwerer aussteigen als aus der Prostitution, trotzdem habe ich auch das geschafft – worauf ich heute sehr stolz bin.

Eines abends diskutierten wir wieder so sehr, dass ich Angst vor ihm bekam. Ich hatte das Bedürfnis vor dieser negativen Energie zu fliehen. Als ich mich dazu entschied, für eine kleine Weile in der Männer-WG meines Sohnes zu übernachten, eilte mein Mann bereits in der nächsten Nacht in ein nahegelegenes Bordell; prompt bekam ich von einem Mädchen eine SMS: „Hexe, was ist los mit Dir, wo bist Du? Dein Mann ist hier und mit einer der Damen auf dem Zimmer?" (*Mittlerweile war ich in ganz Kärnten eine bekannte Kartenlegerin und die Menschen nannten mich „Hexe", denn mit dem Kartenlegen half ich den Menschen, ihre Situationen zu bewältigen. Ich habe sozusagen über die Grenze der Normalität hinweggeschaut. Auch wenn das Wort „Hexe" mit vielen Vorurteilen behaftet ist, aber ich habe bei anderen Menschen vieles möglich gemacht und lehre jedem mein Wissen, der es lernen möchte.*)

Was diese SMS bei mir angerichtet hat, kann sich keiner von euch vorstellen. Meine Hände zitterten und meinen Herzschlag spürte ich so intensiv in den Venen, dass ich glaubte, sie könnten jeden Moment platzen. Meine Trauer und Hilflosigkeit fühlte sich an wie ein Geschwür, das gerade erst aufgeplatzt war. Das Gift seines Machtspiels breitete sich wie Feuer in meinem Körper aus. Mein Magen zog sich zusammen, meine Augen weinten. Mein Mann, der mich angeblich so sehr liebte, hatte sich für bezahlten Sex entschieden, statt mir nachzufahren und seine Frau mit einem Rosenstrauß nach Hause zu holen. Ein einziges Mal nur wollte ich erleben, dass sich ein Mann in schweren Zeiten um mich bemüht, dass ich ihm auch im Streit wichtig war. Aber dieser Wunsch platzte in diesem Moment wie eine Seifenblase.

Natürlich musste gerade mir das passieren, denn so begann auch unsere Beziehung. Er hat damals, als ich noch eine Prostituierte war, seine Frau mit mir betrogen. Nun erging es mir so, und das war noch schlimmer, als körperlich missbraucht zu werden. Ich hatte alle Arten von Schmerzen kennengelernt, doch dieser Schmerz war die unerträglichste emotionale Erfahrung, die ich je erleben musste.

Ich bin zu meinem Sohn gegangen, um Gustav nicht noch mehr zu provozieren, um klare Gedanken zu fassen und unserem Ehedrama etwas Ruhe zu geben. Ich hatte die Hoffnung, nach ein paar Tagen zu meinem Mann zurückkehren zu können. Er wusste doch, dass ich in dieser Zeit emotional labil war – schließlich hatte die Luft wieder nach Schnee gerochen, und das war immer die schlimmste Zeit für mich.

Natürlich konnte er nichts dafür, was mir vor dreißig Jahren passiert war, doch er konnte was für sein Verhalten zu mir. Als wir heirateten, hat es doch geheißen: „Solange wir leben!" Nun hat es sich ausgelebt. Mein Mann war in ein Bordell gegangen und hat nicht geschätzt, dass er die beste Hure aller Zeiten zu Hause hatte.

Es ging ihm nicht darum einen anderen Körper im Bett zu haben, nein, er wollte mich verletzen, und das war ihm gelungen. Ich hätte mir gewünscht, dass er mich zärtlich in den Arm nimmt und ich Liebe und Begeisterung in seinen Augen sehe, so wie er es anderen Frauen immer wieder signalisiert hat.

Ich war die Welt für ihn, die er aber irgendwann vor lauter Selbstüberschätzung nicht mehr gesehen hat. Er wusste, dass ich immer weniger schlief, dass ich wieder Albträume hatte. Statt mir die Angst zu nehmen oder zu lindern, verstärkte er sie mit seiner.

Ich war drei Jahre die Frau seiner Träume. Im Job war ich immer sehr verlässlich, ich stand immer hinter ihm und der Lehre, die seine alkoholkranke Mutter entwickelt hat. Ich liebte seinen Sohn wie meinen eigenen, ich liebte unseren Humor, ich liebte meine neuen Freunde, ich liebte die Seminarteilnehmer und wurde im Ort meines Mannes sehr geschätzt. Ich hatte mir mein neues Leben so aufgebaut, dass ich den Rest meines Lebens im Glück verbringen konnte. Doch mit dieser einen Nacht zerbrach alles. Mit dieser übertriebenen Reaktion hatte ich alles verloren, woran ich glaubte. Ich habe an uns geglaubt. Er hat mir das Herz gebrochen. Und nun war es mir nicht mehr möglich, in sein Leben zurückzukehren. Im Grunde hat er uns jede Chance genommen, unsere Ehe fortzusetzen. Ich wusste, dass er aus Verzweiflung aggressiv war. Obwohl er das erkannte und sich zeitweise zum Positiven änderte, war ich sehr ängstlich und konnte mich auf diese Veränderungen nicht verlassen. Hinzu kam sein chronischer Drang nach sexueller Abwechslung, was für mich unerträglich und unmenschlich war. Mit seinem Besuch im Bordell hat er mir gezeigt, wie gefährlich der Alltag mit ihm war. Ich liebte Gustav mehr als mich, aber er war der letzte Mann, der mich so erleben durfte.

Ich weinte tagelang, besorgte mir Gras und betäubte mich, bis ich vor lauter Trauer erschöpft war. Ich schlief fast nur noch. Dazu fielen die ersten Schneeflocken, und somit kamen auch meine Dämonen wieder zurück. Ich war auf mich allein gestellt und musste diese extreme Krise ohne meinen Mann überwinden. Von Tag zu Tag ging es mir schlechter, und Gustav verstärkte meinen Zustand noch dadurch, dass er fast täglich Bilder seiner Freude auf Facebook postete. Ich war neidisch auf ihn, dass er mit der Trennung so problemlos umgehen konnte. Für mich war das die schlimmste Zeit meines Lebens.

Klar, dass er in unserer Trennungsphase auch seine Berater hatte – seine Mutter und all unsere Freunde. Ich hatte nur meinen Sohn, keinen Cent in der Tasche und meine Schüler haben sich von mir abgewandt. Ich war so verzweifelt, dass ich sogar Freunde um Geld bitten musste, was mir aber verwehrt wurde, da sie mit Gustav mehr in Verbindung standen als mit mir. Das waren allesamt Freunde, mit denen ich drei Jahre lang Freud und Leid und meine tiefsten Geheimnisse geteilt habe, die ich als meine besten Freunde bezeichnete. Ich habe gelitten wie ein Straßenköter.

Nach etwa einer Woche andauernder Beleidigungen auf Facebook, denn ich wollte mit ihm nicht telefonieren, blockierte ich ihn und änderte meinen Status von verheiratet auf getrennt. Ich hatte wieder kein Zuhause und keinen Cent in der Tasche. Nur mein Sohn hat zu mir gestanden und mir absoluten Halt gegeben.

„Mama, lenk dich bitte ab! Triff dich mit ein paar Freundinnen oder mach irgendwas anderes, das dich aus der Depression holt", bat mich Miro, um mir zu helfen, denn es fiel ihm sehr schwer, mich ständig unter Tränen zu sehen. Ich aß in der Woche kaum einen Happen und bemerkte allmählich, dass mein Körper immer schwächer wurde.

„Ich kann nicht unter die Menschen gehen, ich bin zu schwach, Miro", sagte ich zu ihm. „Ich fühle mich wie damals als ich die Chemo bekam. Davon abgesehen würde ich mein Leiden nur weitergeben, und das will ich niemandem antun. Ich habe mich drei Jahre nur in dieser Sekte bewegt. Ich kann mit normalen Menschen nicht mehr umgehen."

„Mama, hör auf damit! Verurteile sie nicht. Sie können nichts dafür, das Gustav ein Trottel ist. Du warst da glücklich. Triff dich mit jemandem, egal mit wem. Ruf den Marco an, deinen Stylisten, den magst du doch!"

Marco, mein bester Freund, lernte ich beim Kartenlegen kennen. Bei ihm traf in der Tat alles zu, was ich vorausgesehen hatte. Ich sagte ihm große Erfolge voraus, die dann zwei Monate später auch eintrafen. Er ist heute noch mein treuester Freund, den ich habe. Ich mochte ihn sofort, und bald liebte ich ihn, wie ich nicht einmal meinen eigenen Bruder liebte. Sexuell gesehen hatte Marco nicht die Anziehungskraftkraft für mich, obwohl er ein extrem hübscher Mensch war und nach wie vor ist.

Ich dachte kurz über seinen Vorschlag nach, dann nahm ich mein Handy und telefonierte fast zwei Stunden lang mit ihm. Ich spürte ein wenig Erleichterung, als ich mich meine Wut und Trauer aussprechen hörte. Nach dem Telefonat mit Marco riefen noch Lisi und Berenice an. Beide Mädels waren Schülerinnen von mir. Wenn wir uns trafen, waren wir das kleine Hexen-Trio. Die Jüngste von uns, Berenice, konnte großartig singen und schaffte es sogar bei Andreas Gabalier auf die Bühne. Für mich ist sie die österreichische Christina Aquilera, da ich niemanden kenne, der Berenice von der Stimme her das Wasser reichen könnte.

Beide Mädchen waren mitten zwanzig und extrem attraktive Frauen. Lisi hat mir, seit dem Ende mit Gustav, jeden Abend ein Lied zum Einschlafen vorgesungen. Lisi produzierte Musik, sie war Managerin und Musicaldarstellerin. Ich liebe sie, als wäre sie meine Zwillingsschwester. Miro, Lisi Marco und Berenice sind mir so wichtig, dass ich sie heute als meine Familie bezeichne.

Die Trennung von Gustav verbreitete sich im Netz wie ein Lauffeuer. Viele Menschen riefen mich an und fragten nach meinem körperlichen und psychischen Zustand. Aber die Menschen, die mir während meiner Ehe so wichtig waren, die haben mich mehr enttäuscht als mein Ehemann. Diesen Schmerz musste ich irgendwie verarbeiten, also trennte ich mich von diesen Menschen und ihren Meinungen.

Ich nutzte Facebook und war mit meiner Freundesliste beschäftigt, da ich mich entschieden hatte, alle falschen Freunde aus meiner Energie, aus meinem Leben und meiner Freundschaftsliste zu löschen. Jeder, der mir einreden wollte, dass ich normal sein soll, dass Gustav mich lieben würde, war für mich kein Freund mehr. Ich wusste zwar, dass Gustav mich liebte, doch auf diese Art von Liebe konnte ich verzichten.

Eine Bekannte meinte sogar zu mir, dass ich so ein Typ von Frau sei, die man schlagen oder am besten erschießen und irgendwo verbuddeln müsse! Andererseits gab es auch eine Frau Renate Wrann, eine Hotel- und Restaurantbesitzerin, bei der ich mit Gustav meine standesamtliche Hochzeit gefeiert habe, die mich mit ihrem Interesse an mir auf das Positivste überraschte. Sie half mir mit vielen Gesprächen, und dafür werde ich ihr immer dankbar sein. Übrigens habe ich einige Kapitel dieses Buches in ihrem Restaurant geschrieben.

Während ich also meine Freunde in gute und schlechte sortierte, tauchte das Profil eines alten und fast vergessenen Freundes auf – Tobias, der in diesem Moment auch noch online war.

„Hallo Tobi, wie geht es Dir? Lange nichts von Dir gehört", schrieb ich spontan.

Es dauerte nur ein paar Sekunden, als seine Nachricht kam: „He! Ja, 4 Jahre lang nichts von Dir erfahren. Mir geht es gut, wie geht es Dir?"

„Na ja, nicht so gut. Habe mich vor ein paar Tagen von meinem Mann getrennt", schrieb ich zurück und klickte auf Senden.

Es dauerte keine zwei Sekunden.

„Lass uns doch mal heute einen Kaffee trinken gehen, bitte."

„Als ich seine Nachricht las, zitterte mein Körper und mein Herz raste doppelt so schnell als vorher. Vier Jahre lang lebte ich nur an der Seite meines Mannes und habe nicht mal mit einem anderen Mann getanzt, so treu war ich. Trotzdem war ich extrem nervös, mit einem Mann auszugehen, den ich von früher kannte und den ich auch noch sehr mochte. Ich war jedenfalls sehr neugierig darauf, wie er aussah und was sich bei ihm verändert hatte.

„Sehr gern, Tobi. Wann hast Du denn Zeit?"

„Bitte schicke mir Deine Telefonnummer", schrieb er, bevor ich meine Nachricht absenden konnte. Ich schickte ihm meine Nummer und Sekunden später klingelte mein Handy. Meine Hände zitterten, meine Nervosität stieg ins Unermessliche.

„He, du! Überraschend schön, dass du dich bei mir gemeldet hast." Seine Stimme klang so vertraut, dass ich richtig verlegen wurde.

„Ja, gern! War gerade dabei, meine Freundesliste bei Facebook zu sortieren."

Er reagierte gar nicht darauf, stattdessen fragte er, wo ich sei.

„Ich bin in Klagenfurt bei meinem Sohn."

„Kannst du heute Abend?"

„Hm ... ja, schon. Tobi, ich bin seit Jahren nur mit meinem Mann ausgegangen. Ich bin da ..."

„Ok, dann nicht heute Abend! Treffen wir uns mal in einer Stunde. Ich schließe nur das Büro ab und komme nach Klagenfurt."

„Huch! Schon in einer Stunde?"

„Ja, bevor du dir das noch überlegst. Ich will dich einfach nur sehen, mich mit dir unterhalten."

„Wo treffen wir uns?", fragte ich und fuhr verlegen fort: „Ich kenne mich in Klagenfurt gar nicht aus."

„Ok, dann machen wir es so. Wir treffen uns in dem kleinen Lokal gegenüber den Cityarkaden. Das ist ein ..."

„Ich weiß, ein Einkaufszentrum. Ich bin zufällig nur 10 Minuten davon entfernt. Das passt perfekt. Wie heißt das Lokal?" Er nannte mir den Namen, wir verabschiedeten uns und ich baute mir einen Joint, um mich erstmal zu beruhigen. Nach dem Joint und einem heißen Bad zog ich mir mein elegantes Patrizia Pepe Kostüm mit einer blauen Bluse an. Meine Haare ließ ich offen und mein Make-up wählte ich in einer dezenten Bronzefarbe. Mein Gesicht wirkte dadurch weich und leicht glänzend. Ich spürte, wie sich die Nervosität langsam in mir ausbreitete. – Ich kam pünktlich in dem kleinen Lokal an, alle Blicke richteten sich sofort auf mich. Zum ersten Mal habe ich diesen Moment nicht genossen, obwohl ich wegen meiner eleganten Erscheinung damit hätte rechnen müssen. Ich schaute mich nach Tobi um. – Nach fast vier Jahren wird er sich ja nicht allzu sehr verändert haben, dachte ich. Doch ich hatte mich geirrt. Als ich ihn sah, erkannte ich ihn zwar nicht gleich, doch sein strahlendes Gesicht zeigte mir, dass es nur Tobi sein konnte, und dem war auch so.

„Wow, ich hab dich fast nicht erkannt, Tobi! Sorry, du schaust so seriös aus, so anders, so gesund ..." Er lächelte und war sichtlich nervös, so wie ich auch.

„Du bist genauso schön wie damals", sagte er und nahm mich zur Begrüßung in den Arm. Dann zeigte er auf zwei Barhocker an der Theke, half mir aus meinem blauen Kaschmirmantel raus, hängte ihn auf und ging mit mir zur Theke, wo wir uns setzten. Ich war so nervös, dass meine Hände und Stimme zitterten.

„Was willst du trinken?", fragte er.

„Ich brauche was Hartes", antwortete ich und bestellte mir eine Cola.

„Na ja, Cola ist nicht gerade ein hartes Getränk, süß vielleicht – aber hart?" Er lächelte.

„Ich meinte Havanna-Cola. Habe ich das etwa nicht gesagt?"

„Nein, aber das ist nicht wichtig. Sag, wie geht es dir?"

„Bist du blind, Tobi? Ich bin so nervös wie ein Schulmädchen. Lange her, dass mich ein Mann so nervös gemacht hat."

„Du meinst damit sicher nicht deinen Mann, oder?"

„Nein, Tobi! Ich meine dich. Es ist viereinhalb Jahre her, seit wir uns das letzte Mal sahen. Du hast mich schon immer so nervös gemacht. Davon abgesehen muss ich gestehen; es ist mein erstes Date. Ich hatte noch nie ein echtes Date."

„Wie, dein erstes Date mit mir?" Seine Verwunderung war nicht zu übersehen.

„Nein, allgemein. Mein Leben hat mich immer übers Bett oder die Flucht oder über eine Krankheit zu meinen Partnern geführt. Ich habe mich noch nie so zivilisiert verabredet wie mit dir."

„Wow! Was soll ich dazu sagen? Überrascht mich sehr, wenn ich auch noch daran denke, wie wir uns kennengelernt haben." Kaum hatte er es ausgesprochen, sah ich an seinem Gesicht, wie sehr es ihn ärgerte, das gesagt zu haben.

„Na, passt schon! Das war ja auch mein Job."

Ich versuchte ihm zu schmeicheln, spürte aber gleichzeitig so eine Hitzewelle in mir, dass ich am liebsten wieder abgehauen wäre.

„Na, dann auf unser Wiedersehen." Ich lächelte ihn an und trank, ohne auf ihn zu warten, einen riesen Schluck ab. „Oh, sorry! Ich bin so unhöflich und extrem nervös." Ich hielt ihm das Glas mit einem Grinsen entgegen, welches sogar einen dritten Weltkrieg verziehen hätte.

„Du bist voll süß, Maria."

„Ha, du bist ein richtig geiler Mann geworden. Ich meine, du hast mir schon immer gut gefallen und ich war damals in dich verliebt. Danke, Tobi! Danke, dass du mich aus dem Bett geholt hast."

„Im Grunde will ich dich ins Bett kriegen, Maria."

Wir lachten, dann brach das Eis und wir unterhielten uns über Gott und die Welt. Danach sind wir zu ihm nach Hause gefahren, legten uns in sein Bett und ich bat ihn, mich in den Arm zu nehmen. Ich wollte keinen Sex und er auch nicht, denn er sagte mir ehrlich, dass er sich in einer Beziehung befände. Ich wollte einfach nur in den Arm genommen werden, weil ich das so sehr vermisst hatte.

Es tat mir gut nicht alleine zu sein, obwohl ich meinen Mann sehr vermisste. Seit fast vier Jahren bin ich nur an seiner Seite eingeschlafen und wieder aufgewacht. Jetzt lag ich neben einem Mann, in den ich vor meiner Ehe verliebt gewesen war. Tobi war seiner Freundin treu; ich war ihm dankbar dafür. Ein wenig beneidete ich sie um Tobi, der nun neben mir lag und nichts versuchte, obwohl er sich daran erinnerte, wie ich im Bett gewesen war. Nein, Tobi hat nicht versucht, die Situation sexuell auszunutzen.

Nachdem mir mein dritter Ehemann mit Bordellbesuchen, Sex mit fremden Frauen, Alkohol, heftigen Streitereien und Schlägen das Herz gebrochen hatte, musste ich feststellen, dass Liebe nur ein Traum ist, der das Gehirn vergiftet. Wieder einmal wurde ich mit meiner Naivität konfrontiert. Meine Erwartung, dass er mir mit einem Blumenstrauß in der Hand nachfahren würde, hatte sich nicht erfüllt. Im Gegenteil. Er war mir untreu und beschimpfte mich auf das Schlimmste, dass ich ihn wie ein dreijähriges Kind, das im Kindergarten bleiben soll, zu Hause alleine gelassen habe. In diesem Moment erkannte ich, dass ich in unserer modernen Welt mit einem Partner auf Dauer nicht glücklich sein kann. Früher oder später kommt der Alltag und die Leidenschaft der Gefühle altert Tag für Tag, Woche für Woche, Monat für Monat, Jahr für Jahr. Und plötzlich steht man da und fragt sich, warum man für diesen Partner seine Zeit verschwendet hat.

Ich konnte in der Nacht bei Tobi jedenfalls kaum schlafen. Ich war ihm sehr dankbar, dass er mich in seinen Armen gehalten hat, dass ich von ihm ein mir vertrautes Gefühl zurück bekam, welches ich nur bei meinem Ehemann erlebte. Am nächsten Tag fuhr er mich zurück zu meinem Sohn. Wir verabschiedeten uns auf unbestimmte Zeit, da mein Weg erstmal ins Frauenhaus führte.

„Wir bleiben Freunde", sagte er. Ich wusste in diesem Moment, dass ich dem Richtigen begegnet war und dass ich ihn verpasst hatte, so wie Anezka ihren liebsten Mann.

Frauenhaus

Ich war nur drei Tage bei meinem Sohn in seiner Zweimann-WG, aber in dieser Zeit schickte mir mein Ehemann per SMS ständig Beschimpfungen und Drohungen; mein Telefon war voll davon. Christoph, der Freund meines Sohnes, machte mir klar, dass ich für maximal drei Tage in der Wohnung bleiben dürfte. Was sollte ich also machen? Niemand interessierte sich, was aus mir werden sollte. Mein Mann beschimpfte mich nur und meine sogenannten „Seelenfreunde" hielten sich von mir fern. Und wie vor dreißig Jahren auf einem Bahnhof leben, das wollte ich nicht. Also entschied ich mich, ins Frauenhaus zu gehen.

Ich war drei Jahre mit einem Mann zusammen gewesen, hatte ein sehr gutes Leben, doch am Ende stand ich wieder obdachlos und mittellos da. Alles war nur eine Show gewesen. Mit Gustav, seiner Mutter und dem Job lebte ich quasi in einer Dreierbeziehung. Kein Wunder, dass sich diese dreifache Energie auch auf die sexuelle Energie zwischen meinem Mann und mir übertragen hat. So entschied er sich gegen unsere Ehe und ich wollte keine funktionierende Marionette mehr sein, damit sie mir weiter einreden konnten, dass das Leben für mich ein glückliches wäre. Nein, das war es nicht! Nicht bei Gustav, nicht bei G, nicht bei Werner, nicht bei Matthias und auch nicht bei H.P. Es hat einfach keinen wirklichen Partner in meinem Leben gegeben. Ich musste mich damit abfinden, dass es auch in Zukunft keinen geben würde. Ich hörte auf, den Richtigen zu suchen, weil ich nicht die Richtige für eine normale Zweisamkeit war. Ich hatte nie ein normales Leben, also brauchte auch niemand von mir erwarten, dass ich mich in irgendeine Norm quetschen lassen würde, um glücklich zu werden.

„Du bist eine Hexe", sagten die Leute zu mir. Natürlich glaubten sie daran, denn was ich vermutete und ihnen sagte erfüllte sich immer sehr rasch.

Klar, dass ich dann am Boden zerstört war, als ich die Nummer vom Frauenhaus in mein Telefon tippte.

„Hallo, mein Name ist Stanislava K. Ich habe mich vor drei Tagen von meinem Ehemann getrennt und jetzt ..." Ich brach in Tränen aus.

„Atmen Sie erstmal tief ein und aus und versuchen Sie mit mir zu reden. Ich stelle Ihnen ein paar Fragen, die Sie nur beantworten brauchen, wenn Sie möchten. So fällt es Ihnen leichter, Ihr Problem zu lösen", entgegnete eine sehr sanft klingende Frauenstimme am Telefon.

„Also, ja ... ich bin Stanja und habe mich von meinem Mann getrennt."

„Ist er gewalttätig?", fragte sie.

„Wenn wir früher gestritten haben, ist er so richtig aus der Haut gefahren und hat mich am Hals gepackt, sodass ich Angst um mein Leben hatte."

„Ok, wie lange ist das her, dass er so zu Ihnen war?"

„Über ein Jahr. Ich meine, er hat sich jetzt unter Kontrolle, aber meine Angst, dass das noch mal passiert, ist geblieben."

„Wo sind Sie jetzt, wollen Sie bei uns aufgenommen werden?"

„Natürlich will ich das. Ich bin bei meinem Sohn in einer Männer-WG, da kann und will ich nicht länger bleiben. Davon abgesehen hat mich sein Mitbewohner heute gebeten die Wohnung zu verlassen, da er meinen Mann kennt."

„Ok, dann gebe ich Ihnen jetzt unsere Adresse und Sie kommen einfach her."

Sie nannte mir die Adresse, wir machten eine Uhrzeit aus und dann legte ich unter Tränen auf.

„Gut gemacht, Mama! So schlimm wird es da nicht sein, und du bist in Sicherheit."

„Bin aber voll traurig. Wenn ich ins Frauenhaus gehe, werden die Leute sicher denken, dass er mich geschlagen hat."

„Das ist doch egal, was die Leute denken, Mama. Du hast Ruhe verdient, und dort kommst du zur Ruhe." Miro hatte recht. Ich rief Marko an, damit wir uns noch vor meinem Einzug ins Frauenhaus verabschieden konnten. Die Begegnung mit ihm war nicht wie erwartet. Ich glaubte, dass ich weinen würde, doch das Gegenteil war der Fall.

„He Liebes", sagte er gleich nach einer freundschaftlichen Umarmung. „Du gehst ins Frauenhaus wie eine richtige Diva? Bitte zeig dich mal!"

Ich musste sofort lachen, weil er recht hatte. Ich trug Overknee-Stiefel, schwarze elegante Jeans von Philipp Plein, eine tolle Bluse von Versace und einen Mantel mit echtem Polarfuchskragen. Geschminkt war ich so, als ob ich zu einem Fotoshooting gehen würde. Nun ja, alles, was ich anhatte, konnte ich mir durch meinen „Nochehemann" leisten, da ich bis zu meiner Trennung von ihm keine Not kannte. Ja, ich sah wirklich aus wie eine Diva, und nun freute ich mich plötzlich, denn mir wurde wieder mal klar, was für ein Überlebenskünstler ich war.

Im Frauenhaus wurde ich sehr liebevoll aufgenommen. Ich bekam sofort einen Schlüssel und durfte erstmal ein paar Stunden zur Ruhe kommen. Auf dem Zimmer packte ich meine zwei kleinen Koffer aus, die ich unter Angst schon ein paar Tage zuvor auf die Schnelle zusammengestellt hatte. Das Zimmer war klein, sehr schön und auch qualitativ gut eingerichtet. Es erinnerte mich sehr an ein Kur- oder Hotelzimmer für Frauen. Es roch sehr sauber, und das war es auch. Im Zimmer stand ein Tisch aus hellem Massivholz, ein moderner Schrank, eine gemütliche Couch, ein Nachttisch, ein Flachbildfernseher und ein frisch bezogenes Bett. Ich benutzte allerdings meine eigene Bettwäsche, damit ich zumindest etwas Vertrautes hatte.

In der ersten Nacht weinte ich fast durchgehend, bis ich im Morgengrauen vor Traurigkeit erschöpft einschlief und nur drei Stunden später wieder wach wurde. Nach dem Aufstehen musste ich mir im Büro einige Unterlagen und die Hausordnung ansehen. Selbstverständlich habe ich alles unterschrieben, denn diese Dinge waren zu meinem Schutz notwendig und dienten meinem Wohl. Danach hatte ich mit einer Sozialarbeiterin ein Gespräch, in dem sie mir viel Mut zugesprochen hat. Ich war sehr dankbar für ihre Menschlichkeit und fühlte mich dabei sehr wohl.

Die Umstellung von meinem alkoholbasierten Leben auf ein normales war nicht so schwer, wie ich es mir vorgestellt hatte. Natürlich gab es Regeln, die ich gern auch anders gehabt hätte, aber ich hatte ein sauberes, zivilisiertes und niveauvolles Heim gefunden, wo ich den Fokus auf mein Leben legen musste.

Im Haus befand sich eine riesige Küche, in der drei Frauen gleichzeitig kochen konnten. Sie war sehr modern eingerichtet und gepflegt. Auch eine Turnhalle gab es, in der ich alle zwei Tage meditieren und Körpertraining machen konnte. Sogar eine große Badewanne durfte ich nutzen.

Als ich in einer großen Runde den anderen Frauen vorgestellt wurde, war ich positiv überrascht. Meine Vorurteile gegenüber solchen Einrichtungen schwanden dahin. Die Frauen waren alle attraktiv, sehr gepflegt und hatten fast alle studiert. Eine der jüngeren Frauen war kurz vor Weihnachten mit einem Baby eingezogen. Als ich diese junge Mutter sah, war mir sofort klar, dass ich nicht nur mir Mut zusprechen konnte, sondern auch den anderen Frauen. Mit dieser jungen Frau war ich sofort auf gleicher Wellenlänge. Und so begann für mich im Frauenhaus ein zwar provisorisches aber auch angenehmes Leben.

Nach ein paar Tagen meldete ich mich auf dem Amt arbeitssuchend. Nebenbei kümmerte ich mich um einen Gewerbeschein, um möglichst bald Sitzungen abhalten zu können und meine Pläne für die Zukunft abzusichern. Mit Tobias hatte ich ausgemacht, dass wir uns wöchentlich treffen, und das behielten wir bis heute bei. Tobias ist mein Montagsdate, und ich bin ihm sehr dankbar dafür. So eine Beziehung wie vor der Zeit mit Tobias wollte ich nicht mehr – also schnell zusammenziehen, sich dann an alles gewöhnen und letztendlich am Alltag zerbrechen. Mit Tobi war alles ganz anders.

Die ganze Woche über freuten wir uns auf unser Montagsdate. An diesem Tag schalteten wir unsere Handys aus, ich nutzte mein Macbook nicht und war mit all meinen Sinnen bei ihm, und er bei mir. Ich erlebte die Zeit mit Tobi in voller Liebe und Intensität, so wie ich es noch nie zuvor mit einem Partner erlebt hatte.

Wir sind uns ein zweites Mal begegnet, und das konnte kein Zufall gewesen sein, denn „man sieht sich immer zwei Mal im Leben", heißt es.

Ja, Tobi ist schon was Besonderes. Bei ihm kann ich so sein, wie ich bin. „Ich liebe dich", das ist uns bisher noch nicht über die Lippen gekommen. Und ich bin froh darüber, denn das habe ich so oft gehört, und zwar immer von Menschen, die diesen Satz leichtfertig gebrauchten. – Ich weiß noch nicht, wie lange wir unsere Beziehung nur auf den Montag begrenzen werden, eines weiß ich aber ganz sicher:

Dieser Mann ist es wert von mir geliebt zu werden, weil er die Zeit mit mir zu schätzen weiß. Nach unseren Treffen fuhr er mich jedenfalls immer wieder in mein „Mädcheninternat", so nannte ich das Frauenhaus inzwischen, zurück. Die Zeit dort gab mir meine Sicherheit und meinen Selbstwert zurück. Meine Dämonen spielten keine Rolle mehr für mich, denn ein so gesichertes Haus, mit vielen Kameras, einem hohen Zaun, einem Empfangsbüro ist für die Außenwelt ein Hochsicherheitstrakt, und das zu wissen beruhigte meinen Schlaf enorm.

Mein Gang ins Frauenhaus war jedenfalls das Beste, was ich machen konnte. Alle Frauen, die sich dort befanden, konnte ich mit meiner positiven Art anstecken, und das klappte sehr gut. Besonders zu Weihnachten waren Dankbarkeit und Freude für mich ersichtlich. Wir Frauen kochten zusammen, sangen Weihnachtslieder und die Kinder spielten im Spielraum. Alles roch nach Zimt und Nüssen. Den Weihnachtsbaum schmückte ich mit meiner neuen Freundin. Es war ein zauberhaftes Weihnachtsfest.

Am Abend traf ich mich mit meinem Sohn, der mich zum Tee trinken in seine neue Wohnung eingeladen hatte. Ich freute mich sehr, dass auch er einen neuen Weg eingeschlagen und sich für ein Studium entschieden hatte. Ich war so stolz auf ihn. – Heute praktiziere ich in der Nähe von Klagenfurt als Lebenslehrerin und gebe Hilfestellung für jede Lebenslage, egal ob es sich um Gesundheit, Liebe oder das Business handelt. Meine Zigeuner- und Tarotkarten sind aus meinem Leben nicht mehr wegzudenken. Menschen erkennen mich auf der Straße und nennen mich „Zigeunerhexe", was mich sehr freut und ehrt.

Als meine Oma mir das Kartenlegen beigebracht hat, sagte sie, dass dies das einzige Erbe sei, welches sie mir geben könne. Damals mit sieben Jahren ahnte ich natürlich nicht, welches Geschenk sie mir damit gemacht hat. Heute weiß ich es besser und bin ihr dankbar, denn Unbewusstes bewusst zu machen kann der Grundstein für Veränderung sein, für mehr Liebe, Gesundheit und Reichtum.

Dank meiner Karten weiß ich, dass alles möglich ist. Ich konnte jeden Traum erleben. Und meine jetzigen Träume sind einem Märchen ähnlich, dennoch habe ich keine Angst auch diese zu erleben.

Noch ein Blick zurück
Wie ich zu einer Buchautorin wurde

Sicher werden Sie sich nun fragen, wie sie das Schreiben und die Veröffentlichung ihrer Bücher mit dem ganzen Auf und Ab ihres Lebens hingekriegt hat.

Als ich mit dem Schreiben des ersten Teils meiner Biografie *„Cassandra: Die Angst hat zwei Gesichter"* begann, war ich mir sicher, dass das Manuskript ein gutes Buch werden würde. Doch so, wie ich es geschrieben hatte, konnte ich es niemandem vorlegen. Jeder hätte es schon nach einer halben Seite in den Müll geworfen.

Aber ich fand, dass meine Erfahrungen nicht nur für Menschen mit ähnlichen Erlebnissen wichtig sind, sondern für die Gesellschaft, die sich vor solchen Problemen blind stellt, die sie verdrängt und sich nur wenig couragiert zeigt. Meine Lebensgeschichte (die einer eigentlich „unwichtigen" Zigeunerin) soll die Menschen erreichen und von den wichtigen Problemen in dieser Gesellschaft erzählen, denn es ist egal, wer von wo kommt oder welche Vergangenheit einen geprägt hat. Wichtig ist, den Menschen so zu begegnen, wie man selbst behandelt werden will. Es ist wichtig Gutes zu tun, nur so kann Gutes zurückkommen.

Ich habe das Manuskript auf Deutsch geschrieben, obwohl meine deutsche Sprache nicht die beste ist. Aber was sollte ich machen, ich wollte es ja in einem Verlag in Deutschland herausgeben.

Ich begab mich also im Internet auf die Suche nach einem Lektor, der in der Lage und gewillt war, meine katastrophale Schreiberei lesbar zu machen. Auf mehr als vierhundert Seiten hatte ich meine Vergangenheit niedergeschrieben und mich dabei an viele Details erinnert. Aber ich brauchte einen Lektor, der mein Manuskript nicht nur einfach so herunterkorrigierte, sondern sich auch für die Dramatik meines Lebens interessierte und zu dem ich Vertrauen haben konnte, schließlich ging es um viele intime Details von Missbrauch, Vergewaltigung und Prostitution. Dass es schwer werden würde, so einen Lektor zu finden, war mir klar. Dennoch versuchte ich mich gleich bei einem der größten Verlagshäuser im deutschsprachigen Raum und rief in deren Lektorat an.

Natürlich musste ich erstmal ein paar Seiten hinschicken, und schon zwei Tage später bekam ich eine Abfuhr. Davon ließ ich mich aber nicht abschrecken. Ich rief beim Goldmann Verlag an, schilderte kurz mein Anliegen und erklärte, dass ich eine ausländische Autorin sei und ein Lektorat suchen würde, das mein ... Weiter kam ich nicht, denn ich wurde weitergeleitet. Auch die nächste Stimme leitete mich weiter, bis ich eine Dame am Telefon hatte, die mir genau die richtige zu sein schien.

„In unserem Verlag sehen wir uns nur Manuskripte an, die auch bei uns veröffentlicht werden", sagte sie mit einer zwar angenehmen Stimme, aber in einem Ton, bei dem mir klar wurde, dass dieser Verlag mein Manuskript niemals drucken würde.

„Ok", entgegnete ich etwas enttäuscht und fragte gleich darauf: „Und wo finde ich so ein Lektorat, das mein Manuskript so korrigiert, dass ich es noch mal vorlegen kann?"

„Ich habe da einen Namen", sagte die Dame am anderen Ende der Leitung. „Herr Rainer Stecher könnte ihre Geschichte sogar schreiben."

„Herr Stecher? Echt jetzt? Heißt er wirklich so? Es geht nämlich um eine ganz schlimme Vergewaltigung und Sie wollen mich an einen Mann weiterleiten mit dem Namen Stecher?"

Sie lachte laut auf.

„Der arme Mann, er kann doch nichts für seinen Nachnamen. Sie heißen ja auch Nord. Man könnte es leicht mit Mord verwechseln", meinte sie.

Stimmt, dachte ich und musste innerlich grinsen. Ich fand diesen Vergleich irgendwie passend und schrieb mir die Telefonnummer auf. Im Grunde war es mir egal, wer mein Manuskript korrigieren würde, mir war nur wichtig, dass es überhaupt jemand machte. Jedenfalls verabschiedete sie sich, wünschte mir viel Glück und Erfolg für mein Buch und legte dann für mich völlig unerwartet auf – hatte ich doch damit gerechnet, noch etwas mehr von ihr über dieses Lektorat zu erfahren. Ich tippte also die Nummer von meinem Zettel ins Handy und es ging auch gleich jemand ran.

„Ja, bitte? Lektorat Berlin, Stecher, was kann ich für Sie tun?", fragte er. Herr Stecher hatte eine angenehme Stimme mit einem ostdeutschen Dialekt.

„Maria Nord am Apparat, guten Tag", entgegnete ich und musste mir erstmal auf die Schnelle überlegen, was ich sagen soll. „Ähm, ich habe ein Buch über mein Leben geschrieben, aber es ist die reinste Katastrophe. Ich bin nämlich Ausländerin, wie Sie sicher schon an meinem Deutsch gemerkt haben. Na ja, und so wie ich spreche, habe ich auch geschrieben."

„Nennen Sie mir doch bitte die ISBN-Nummer, da kann ich mir das Buch gleich mal anschauen."

„Was ist das denn für eine Nummer?", fragte ich völlig unbedarft. Er lachte herzlich auf.

„Also schreiben Sie ein Manuskript, richtig? Ein Buch ist es erst dann, wenn Sie es fertig gedruckt und gebunden in den Händen halten, mit einer ISBN-Nummer. Die ist wichtig für den Verkauf und die Veröffentlichung ..."

„Ja, genau, Manuskript heißt das", sprach ich ihm nach wie ein Papagei. „Aber ich weiß gar nicht, ob es überhaupt auf den Markt kommt, also ob es gut genug ist. Ich habe es für mich und meinen Sohn geschrieben, damit er eines Tages versteht, warum ich ..." Ich legte eine kurze Pause ein, schluckte den dicken Kloß im Hals herunter und fuhr dann fort: „Es ist ein schlimmes Thema, wissen Sie?"

„Worum geht es denn in Ihrem Manuskript, Frau Nord?"

„Um mich", sagte ich.

„Ist es ein Sachbuch, Roman, eine Erzählung oder ein Kinderbuch? Welches Genre, meine ich?"

„Es geht ..., es geht um eine ..., um meine Vergewaltigung. Also ich wurde in jungen Jahren von fünf Männern verschleppt und vergewaltigt."

Eine Weile war es still am anderen Ende, dann sagte Herr Stecher schockiert: „Um Gottes willen!" Ich spürte sofort sein Mitgefühl. „Wie viele Seiten haben Sie schon geschrieben?"

Mir schien es, als wollte er vom Thema ablenken und sachlich bleiben, da es ihm wohl irgendwie unangenehm war jetzt schon nähere Fragen zu stellen.

„Boa, viele – so um die vierhundert."

„Nur über die Vergewaltigung?"

„Nein, natürlich nicht."

„Worum geht es in Ihrem Manuskript noch?"

„Na ja, um die Vergewaltigung, Prostitution und ... Es ist mein Leben. Besser gesagt, meine Vergangenheit."

„Also eine Biografie."

„Ja, genau!" Ich freute mich, dass er mich verstanden und die richtige Bezeichnung dafür gefunden hatte.

„Gut, Frau Nord, schicken Sie mir bitte erstmal ein paar Seiten, damit ich mir einen Überblick verschaffen kann."

„Ähm, das geht nicht. Ich weiß nicht wohin."

„Wie sind Sie denn auf mich gekommen?"

„Sie wurden mir empfohlen."

„Das ist nett, aber von wem?"

„Von einer Dame aus dem Goldmann Verlag."

„Vom Goldmann Verlag? Wie kommen die denn auf mich", fragte er verdutzt.

„Keine Ahnung, ich dachte, Sie würden für die arbeiten."

Wieder lachte er herzlich und sagte: „Nein, für den Verlag arbeite ich nicht, die haben ihre eigenen Lektoren, ich bin ein freier Lektor. Ich gebe Ihnen mal die Adresse meiner Webseite, da finden Sie alle Kontaktdaten und Informationen, auch zu den Preisen ..."

Ich hörte ihm gar nicht mehr richtig zu, denn ich fühlte mich wie ein kleines Schulmädchen, so lehrerhaft klang er. Stattdessen erzählte ich mein ganzes Leben und er hörte mir geduldig zu.

Nach einer Weile unterbrach er mich und bat erneut um die Zusendung einiger Seiten. Eigentlich hatte ich gedacht, die Seiten ausdrucken und sie ihm per Post zuschicken zu müssen, doch er erklärte mir dann, dass ich sie als PDF-Datei schicken soll.

„Als PDF? Um Gottes willen, was ist denn das?" Ich hatte keine Ahnung von einer PDF-Datei, ich war schon froh, dass ich das Geschriebene zwischendurch habe abspeichern können. Ich hatte meinen Laptop noch nicht lange, es war der Erste überhaupt, und ich kannte mich mit all diesen Dingen noch nicht so gut aus. Ich wurde traurig und er merkte das anscheinend.

„Wissen Sie was? Schicken Sie mir die Seiten einfach in einer E-Mail. Vorerst reicht das aus, um mir ein Bild über den Inhalt und Ihre Schreibweise zu machen. Ich melde mich dann bei Ihnen."

Oh Gott, dachte ich, wenn er das sieht, schickt er mir die Seiten garantiert wieder zurück. Nachdem ich ihm die Seiten zugeschickt hatte, war ich so nervös wie vor einem Tanzwettbewerb für die Weltmeisterschaft. Ich hoffte auf das Beste. Aber dieses Warten machte mich quirlig, ich schaute jeden Tag mehrmals auf die Uhr und zum Telefon. Fuck! Wie lange würde er wohl brauchen, sich das durchzulesen, fragte ich mich. Was soll ich inzwischen tun? „Cassandra" ist fertig und ich habe nichts, womit ich mich beschäftigen kann.

Ich ging in die Küche, legte meinen roten Laptop, den ich „Leopold" nannte, auf den schweren Holztisch meiner ostfriesischen Küche und setzte mich neben das Hundekörbchen von meinem geliebten Janus.

Er war sofort da und wackelte mit seinem kleinen Schwänzchen, als ob er mir sagen wollte, dass ich mich so lange mit ihm beschäftigen soll. Ja, er hatte recht, ich musste warten. Ich holte meine Schatztruhe heraus und baute mir einen richtig dicken Torpedo, machte mir danach eine

Kaffee-Latte, schmiss meinem Hund zwischendurch seinen Ball zu und zündete mir dann genussvoll meinen Joint an. Und während ich so Zug um Zug inhalierte, sah ich Janus tief in seine runden Kulleraugen und sagte zu ihm: „Ja, Janus, dieses Buch wird mich retten. Ich rette mich gerade selbst."

Nach dem Telefonat mit Frau Nord bekam ich noch am selben Tag per Mail eine etwa 30-seitige Leseprobe zugeschickt. Gewiss, Schreibweise und Satzstellung konnte man schwer lesen und es war viel zu korrigieren, aber es war nicht so schlimm, dass es nicht auch vom renommierten Goldmann Verlag hätte lektoriert werden können. Aber Frau Nord war für diesen Verlag eine unbekannte Autorin und noch dazu der deutschen Sprache nicht mächtig.

Und da die großen Verlage gewinnorientiert arbeiten und unter großem Konkurrenzdruck stehen, machen sich die Lektoren keine Mühe, solche Manuskripte überhaupt erst zu lesen, geschweige denn zu lektorieren.

Innerlich musste ich über die Ignoranz dieses Verlages grinsen, denn je mehr Seiten ich las, umso klarer wurde mir, dass diese Biografie das Potenzial zu einem Bestseller hatte. Filmrechte, Talkrunden, Interviews im Fernsehen, und seien es auch nur lokale Sender – alles war drin. Und der Goldmann Verlag hatte sich das durch die Lappen gehen lassen.

Als ich mit dem Lesen fertig war, lehnte ich mich zurück und musste erstmal tief durchatmen. Ich dachte an die perfide und grausame Vorgehensweise der Vergewaltiger, von der ich ohnehin mehr als geschockt war, und mit welcher Energie, kühlem Verstand und kriminalistischer Findigkeit Frau Nord die Vergewaltiger ausfindig gemacht und ihrer gerechten Strafe zugeführt hatte.

Ihr ganzes Leben danach wurde von diesem fünftägigen Vergewaltigungs-Martyrium geprägt. Ich hatte ja schon viel von Missbrauch und Vergewaltigung gehört und gelesen, aber sowas noch nicht. Es war einfach unfassbar für mich, dass es Menschen gab, die Frauen so was antun können. Zugleich aber musste ich an meine Frau und meine Tochter denken und war froh, dass sie so was nicht erleben mussten.

Was ich da gelesen hatte, überstieg all meine Vorstellungskraft. Ich versuchte mir Frau Nord vorzustellen, wie sie aussehen und was sie für Haare tragen würde und welche Farbe sie hätten, wie ihre Gesichtszüge waren und wie sehr dieses Leben sie körperlich geprägt hat. Aber das gelang mir nicht, immer wieder schoben sich die Bilder ihrer Vergewaltigung vor mein geistiges Auge und wie sie sich aus dem für sie geschaufelten Grab befreite. Ich sah sie auf der Männertoilette im Bahnhof stehen und durch die geschlossene Tür mit dem Mann reden, der ihre Vergewaltiger ausfindig machen sollte. Ich sah sie während einer Feierlichkeit auf den Anführer der Vergewaltigergruppe zugehen und ihm drohend ein Messer an den Hals halten. All das sah ich, bequem in meinem Sessel sitzend und froh, meine Familie beschützt zu wissen. Und da wurde mir klar, dass es noch einen zweiten Aspekt gab, warum dieses Buch unbedingt auf den Markt kommen musste, was von Frau Nord letztlich auch so beabsichtigt gewesen war: Dort draußen gab es Frauen, die Ähnliches erlebt hatten oder noch erleben würden. Deshalb musste dieses Buch die Gesellschaft wachrütteln und die Menschen dazu bewegen, Courage zu zeigen und nicht wegzusehen, wenn Frauen misshandelt, geschlagen oder vergewaltigt werden, wenn sie sich prostituieren müssen, weil sie keine andere Möglichkeit hatten, ihre Miete zu bezahlen, sich vernünftig zu kleiden oder ihren Kühlschrank zu füllen. Vor allem aber, und das hatte Frau Nord in den Telefonaten mit mir immer wieder betont, sollte die Gesellschaft endlich aufhören,

Frauen wie sie zu verurteilen oder beruflich zu diskriminieren, wenn sie später mal ins normale Leben zurückkehren wollen.

Am nächsten Vormittag nahm ich den Hörer zur Hand und rief Frau Nord an. Ich sagte ihr, wie sehr mich diese Seiten berührt haben, wie überwältigt ich von meinen Gefühlen gewesen bin und was sie für Schockwellen in mir ausgelöst hatten, und dass ihre Biografie unbedingt auf den Markt kommen muss.

Sie jubelte am anderen Ende der Leitung und wollte gleich wissen, ob ich einen Verlag kennen würde, der das Buch herausbringen kann.

„Wir werden einen Verlag finden", versprach ich. „Ich helfe Ihnen auch beim Buchumschlag und dem Klappentext. Sie stehen nicht allein, und es wird ein gutes Buch, auch wenn viel Arbeit drinsteckt."

Wir redeten noch eine ganze Weile über ihr traumatisches Erlebnis als junges Mädchen, über ihr Leben danach und wie dieses Trauma sie geprägt hat. Ich war mir sicher, dass sie meine Emotionen gespürt hat, meine Erschütterung über das ihr zugefügte unfassbare Leid. Ihre Stimme brach hin und wieder ab, was mir durchaus verständlich war, denn über solch schwerwiegende Erinnerungen zu sprechen, war für sie nicht einfach. Aber irgendwie hatten wir einen Draht zueinander. Ich spürte Vertrauen zwischen uns, was für so eine diffizile Zusammenarbeit unbedingt von Nöten ist.

Es blieb natürlich nicht bei diesen zwei Telefonaten und etlichen E-Mails. Wir tauschten bis zur Fertigstellung des Buches eine Vielzahl von Fragen und Antworten per Mail oder durch Telefonate aus: ergänzende Details zu ihrem Leben, zu den Vergewaltigern, zur Geburt ihres Sohnes oder zu ihrer Arbeit als Prostituierte – besonders aber in Bezug auf ihre ständige Suche nach dem Glück, nach der wahren Liebe. Ich war mir sicher, dass ihr Leben anders verlaufen wäre, hätte es diesen grausamen, beinahe tödlich verlaufenden Vergewaltigungsakt nicht gegeben.

Als ihr Buch dann auf dem Markt erschien, schlug es wie eine Bombe ein. Viele Wochen lang konnte man es auf der Bestsellerliste unter den zehn besten Büchern finden.

Frau Nord rief mich sofort an, als sie ihr erstes selbst geschriebenes Buch in den Händen hielt, und ich konnte aus ihren vielen Dankesworten auch ihren berechtigten Stolz heraushören, etwas geschaffen zu haben, das sie nun ihrem Sohn hinterlassen konnte, das ihm erklären würde, warum ihr Leben so verlief und nicht anders.

Einige Wochen später griff ich zum Telefonhörer und rief sie erneut an.

„Ja, hier Nord. Guten Tag."

„Hallo Frau Nord, hier ist Herr Stecher. Wie geht es Ihnen?"

„Oh, mir geht es gut. Und Ihnen?"

„Mir auch, habe nur etwas viel Arbeit. Aber ansonsten ist alles prima. Ich wollte Ihnen vorschlagen, hier in Berlin im Hochhauscafé eine Lesung Ihres Buches durchzuführen. Ich habe nämlich mit einigen Frauen gesprochen, die Ihr Buch gelesen haben und Sie nun auch mal kennenlernen möchten. Ich werde natürlich auch dabei sein."

„Ähm, das ist ja super, aber ich habe das noch nie gemacht. Wie läuft denn das ab? Ich meine auch wegen der Vorbereitung, wegen Flyern und Plakaten und so. Und wo könnte ich denn da übernachten? Oh, ich würde mich sehr freuen, wenn das klappen würde."

„Da machen Sie sich mal keine Sorgen", entgegnete ich, „ich kümmere mich um den Druck von Flyern und Plakaten. Und übernachten können Sie im selben Haus, wo Sie die Lesung abhalten. Der Leseraum wird mit Stühlen ausgestattet sein, Sie bekommen Ihren Platz ganz vorn an einem Tisch, und es werden 'ne Menge Frauen da sein, die Ihnen zuhören. Übrigens, Frühstück ist in der Übernachtung inbegriffen."

Sie lachte am anderen Ende hell auf.

„Na ja, ich meine nur", lachte ich mit, „damit Sie uns nicht verhungern."

„Ok! Ich freue mich darauf", sagte Frau Nord, nachdem wir Termin und Uhrzeit vereinbart hatten.

Am Tag der Lesung fuhr ein Taxi vor das Hochhauscafé. Ich stand schon draußen neben dem Werbeplakat, in Erwartung einer Frau, mit der ich bis dahin nur telefoniert hatte, von der ich zwar das kleinste Detail ihres Lebens kannte, die ich aber noch nie gesehen hatte. Ich war angespannt. Wie würde sie aussehen, wie sich geben, würde sie offen sein, freundlich? Etwas anderes konnte ich mir gar nicht vorstellen. Dann stieg sie aus und ich sah sie zum ersten Mal: Langes schwarz-gelocktes Haar umrahmte ein schmales, hübsches Gesicht mit dunklen Augen und langen Wimpern. Sie trug ein weißes über der Brust geschlossenes Kleid mit Stickereien darauf. Und sie lachte mich an, war fröhlich, herzlich und gab sich offen. Ich begrüßte sie ebenso herzlich, fragte, ob sie eine gute Fahrt gehabt hätte, und führte sie mit ihrem kleinem schwarzen Rollköfferchen ins Hochhauscafé. Sie strahlte übers ganze Gesicht, als die Mitarbeiter sie begrüßten, ihr die Wohnung zur Übernachtung zeigten und die Vorbereitungen für ihre Lesung. Natürlich erhielt sie erstmal einen guten schwarzen Kaffee und bekam auch die Möglichkeit, eine Zigarette zu rauchen. Sie schaute sich sehr interessiert um und stellte Fragen zu diesem Café und den zwei Pensionen. Wir fanden sie alle sehr sympathisch und offenherzig, was auch die Frauen in den Gesprächen vor und nach der Lesung zum Ausdruck brachten.

Die Lesung selbst fand in einem kleinen Raum statt, der etwa dreißig Zuhörer fasste und der sich mehr und mehr füllte. Man unterhielt sich, trank Café oder aß ein Stück Kuchen. Als dann Frau Nord aber mit der Lesung begann, war es sofort totenstill, und das hielt bis zum Ende an. Einige Frauen hielten zeitweise betroffen ihre Köpfe gesenkt, manchmal war ein tiefes Durchatmen zu hören, niemand aber blieb von dem Gehörten unberührt – zumal sich ja alle bewusst waren, dass keine Fremde aus dieser Biografie las, sondern die Person, die all das Leid am eigenen Körper erfahren hatte. Am Ende gab es viele Fragen, und jede wurde von Frau Nord geduldig beantwortet. Letztlich verteilte sie noch Flyer zum Weitergeben und verkaufte auch einige Bücher. Das Wichtigste aber war wohl für sie, und diesen Eindruck hatte ich sicher nicht allein, dass ihre Biografie, ihr

Leben, ihr Leid zum ersten Mal eine Stimme erhielt, die von anderen gehört wurde.

Liebe Lieser, nun habe ich die Ehre, den hier vorliegenden zweiten Teil der Biografie von Frau Nord auf den Buchmarkt zu bringen. Möge er genauso erfolgreich sein wie der erste Teil. Und möge er all jenen Frauen, die Ähnliches erlebt haben, ein Beispiel sein, dass man im Leben mit Kraft und starkem Willen alles schaffen kann. Man darf nur nicht aufgeben, nach ihr zu suchen.

Epilog

Noch einmal gehen mir die beiden Teile meiner Biografie durch den Kopf. Dabei merke ich, mit welcher Angst ich leben musste. Ich begreife zum ersten Mal, dass ich es gewohnt war in einer Art Schwebe zu leben, und sobald mir jemand geholfen hat und das Leben für mich erträglicher wurde, bekam ich Angst es zu leben.

Im Grunde hatte ich immer Angst davor, glücklich zu sein, weil ich dieses Gefühl nicht kannte. Aber irgendwie geht es uns Menschen doch allen so, wenn wir uns mit unbekannten Dingen auseinandersetzen müssen. Wir haben Angst davor und kneifen lieber. Das Neue bedeutet Umstellung und absolute Ehrlichkeit zu sich selbst. Hinzu kommt, dass wir nicht einmal wissen, was wir wirklich wollen. Und wenn wir es wissen, fragen wir uns, in welcher Form wir es wollen. Wenn wir das aber dann doch noch so hinkriegen, dass alle Voraussetzungen für die Beantwortung unserer Fragen vorhanden sind, ziehen wir das Vertraute dem Neuen vor. Und so war es auch bei mir.

Wenn ich heute auf die vielen Chancen und deren Nutzung zurückblicke, mein Leben in eine positive Richtung zu lenken – diese Chancen also wirklich zu nutzen –, so stelle ich fest, dass ich mich sehr verändert habe. Ich bin weiser geworden, überlegter in meinen Handlungen, und ich bin stabil. Ich habe es geschafft, den Sinn meines Lebens zu verstehen, in meine Seele zu schauen und allen zu verzeihen – vor allem mir selbst.

Ich habe mich so sehr gehasst, dass ich jeden der mich liebte, dazu zwingen musste, mich zu hassen. Ich lebte in einem ewigen Kreis aus Hass, der mein ganzes Tun, meine Entscheidungen und Gefühle beeinflusste. Doch dieser Hass war mein Schutz (er bildete quasi eine Mauer um meine Seele) für das, was die Vergewaltiger mit mir gemacht haben. Und alles begann damals mit diesem unsäglichen Tanzwettbewerb, den ich nie tanzen sollte, bei dem ich aber das erste Mal auffiel.

Es war schon immer mein Wunsch gewesen einmal mit meiner Tanzkunst auf der Bühne zu stehen und die Zuschauer zu begeistern, aufzufallen. Und an diesem Tag hatte ich die Chance dazu. Es war ein Geschenk des Himmels, wenn man das so sagen kann.

Ich gewann diesen großen Tanzwettbewerb, doch ich fiel dabei nicht nur dem normalen Publikum auf, sondern auch fünf perversen jungen Männern. Nur drei Monate später wurde ich von diesen Männern verschleppt, festgehalten und vergewaltigt: zehn lange Tage. Das sind 240 Stunden oder 14.400 Minuten oder 864.000 Sekunden. Sie haben damit den Rest meines Lebens zerstört. Ich habe in jeder einzelnen Sekunde meines Lebens bereut, damals lebendig gewesen zu sein und später das Ganze überlebt zu haben. Und doch bin ich als Sieger aus diesem jahrzehntelangen Überlebenskampf hervorgegangen. Ich habe den Kreis meines inneren Hasses durchbrochen, die Mauer um meine Seele eingerissen. Ich fand meinen Weg, ich fand mich – so wie ich wirklich bin. Ich habe meinem Leben verziehen. Heute weiß ich, dass ein Mensch niemals glücklich werden kann, wenn er nicht begreift, dass jede traurige Sekunde seines Lebens zu der Ansicht führen kann, umsonst gelebt zu haben. Das Leben ist aber ein großes Geschenk, weil man nur das eine hat und es nicht wiederholen kann. Nichts ergibt einen Sinn, wenn wir die Zeit, die uns zur Verfügung steht, nicht als wertvoll ansehen und (auch wenn das menschlich ist) Entscheidungen treffen, die uns hinterher zweifeln lassen. Will ich zum Beispiel weiterhin das tun, was ich kenne? Oder steige ich jetzt endgültig aus? Höre ich auf, mich wegen meiner Vergangenheit zu bedauern? Oder trete ich diesem Gefühl entschlossen gegenüber? Höre ich auf, darüber nachzudenken, warum ich das eine oder andere Problem nicht lösen konnte oder lerne ich aus meinen möglicherweise falschen Entscheidungen? Was mir in meinem Leben auch immer passiert ist, an meiner Vergangenheit kann ich nichts ändern. Ich kann nur weiterleben, jeden Tag aufs Neue.

Im Grunde habe ich auch keine Ahnung davon, was der morgige Tag bringt. Also ist für mich nur wichtig, ob ich glücklich oder traurig in den Tag hineingehe. Es ist meine Entscheidung, und die muss ich in jedem Moment meines Lebens allein treffen. Die Zeit lindert keine Wunden, sie erlaubt uns nur zu reifen, zu überleben, zu kämpfen, um eines Tages zu begreifen, wofür die ganze Mühe gewesen ist. Die Antwort ist einfach: für mich selbst! Damit ich verstehe, warum ich so und nicht anders gelebt habe, nicht anders leben konnte.

Meinen Hass abzulegen, dazu war ich lange Zeit nicht in der Lage. Ich hatte Angst zu versagen und dass mich meine Dämonen wieder einholen, obwohl sie alle schon tot waren. Trotzdem haben sie es immer wieder geschafft meine Ängste zu schüren, die Schutzmauer um meine Seele stärker zu machen, denn ich habe es in meinem Selbstmitleid zugelassen. Das war eine Entscheidung, die mir bisher nicht bewusst gewesen war. Jetzt, losgelöst von Angst, Hass und Schutzbedürfnis, entscheide ich mich mein Leben zu genießen. Das alte Verhaltensmuster, das meinem Schutz gedient hat, habe ich abgelegt. Ich weiß nun, dass es immer nur meine Gedanken waren, dass es nur mein Hass war.

Von Kindheit an wollte ich auffallen, und seit diesem Tanzauftritt bin ich immer aufgefallen, und zwar jedem Menschen. Früher wurde ich bemitleidet, heute werde ich bewundert. Nicht deswegen, weil mir das alles passiert ist, nein! Ich werde bewundert, weil ich ein interessanter Mensch geworden bin: offen und mit einem guten Herzen. Im Grunde meines Charakters bin ich so geblieben, wie ich war. Ich treffe jeden Tag die Entscheidung, diesen Tag gut zu leben und viel zu lachen, und das mit großer Dankbarkeit. Ich habe Menschen um mich, die mich lieben wie ich bin, und das macht mir den Tag leichter. Ich bin unbeschwert, fröhlich und genieße das Leben.

Früher konnte ich mich nicht so geben, also konnte mich auch niemand wirklich verstehen. Heute gibt es in meinem Leben Menschen, die mich gut kennen. Und die dazukommen, lernen mich schon so kennen, wie ich bin. Also habe ich nichts zu verlieren. Jeder trifft für sich die Entscheidung, ob er mich mag oder lieber auf meine Energie verzichtet. Ich bin nach wie vor sehr ehrlich, damit kommt nicht jeder so gut klar. Aber das ist eben nicht mein Problem. Die nichts zu verbergen haben, die mir was Gutes wollen, die liebe ich auch mit ihren Macken. Und genau deshalb kann mich niemand mehr enttäuschen. Alles, was ich ausstrahle und gebe, bekomme ich auf irgendeine Weise zurück. Und wenn jemand nicht daran glaubt, dann bin ich der Beweis dafür, dass dem so ist.

Ja, mein Leben war schwer, aber niemand trägt die Schuld daran, nicht mal ich selbst. Ich bin niemandem böse, denn jeder reagiert, wie es seiner Meinung nach die Situation erfordert. Wut erzeugt eben Wut und Liebe erzeugt Liebe, das ist so seit Menschengedenken.

Heute bin ich allen Menschen, die in meinem Leben irgendeine Rolle gespielt haben, dankbar, dass es sie gab oder immer noch gibt. Jeder Einzelne hat mir auf seine Weise geholfen, mein Leben besser zu verstehen.

Ich hatte Tausende Gründe so zu sein, wie ich war, und Tausende Erfahrungen, die sich immer wiederholten. Das Leben hat mir Möglichkeiten und Wege aufgezeigt, meine Entscheidungen zu korrigieren, dennoch habe ich keine davon konsequent genutzt, weil ich zu feige war. Ich war so besessen davon, glücklich zu werden, dass ich das Glück immer wieder übersah. Stattdessen war ich traurig, weil ich das gut konnte und etwas anderes nur als Momentaufnahme kennengelernt habe. Jetzt bin ich glücklich, weil ich alles habe, was ich dafür brauche: Ich habe einen gesunden Körper und ihn lieben gelernt, mit all den Narben und Erinnerungen. Dank der Akasha-Chronik (Harmonisierung und Neuprogrammierung bis in die DNA), die ich entwickelt habe, fand ich den Weg zu meiner Seele und konnte die verdammte Mauer drum herum einreißen. Ich fühle mich heute menschlich gesehen wertvoll und bin voller Dankbarkeit.

Jeder von uns ist das Kind einer Mutter. Doch niemand wird böse geboren, nur das Leben macht uns zu dem, was wir sind, und das musste ich lernen zu erkennen. Alles, was mir geschadet hat, was in meinem Inneren krank gewesen war, habe ich aus meinem Leben verbannt. Es ist wie mit einem schmerzenden Zahn. Die Erinnerungen daran bleiben. Und wenn dieser Schmerz nicht mehr vorhanden ist, kannst du die Erinnerung gut brauchen, um anderen Mut zu machen. Das geht, ich habe es geschafft. Es ist nicht einfach, aber es ist möglich.

Wir haben uns das Leben mit all seinen Facetten selbst ausgesucht, damit wir wissen, was Leben ist. Und die Erinnerung lehrt uns etwas über uns. Zu Anfang dachte ich nur negativ und lernte die Auswirkungen kennen. Heute denke ich positiv über mich und das Leben, was mir besser gefällt. Ja, ich liebe es zu leben und bin froh, dass es mich gibt. Ich bin glücklich mit dem Resultat und weiß jetzt, dass es nur noch besser werden kann. Denn wenn ich mich selbst lieben kann, dann kann es irgendwann jeder.

Ja, das Leben kann so einfach sein, wenn man sich traut, es zu leben, wie man will. Doch die meisten Menschen trauen sich nicht, weil sie es nicht gelernt haben. Da bin ich im Vorteil, denn ich habe es gelernt und kann nun jedem zeigen, wie man Schritt für Schritt den gewünschten Weg geht. Heute bin ich eine stolze Zigeunerin, die es geschafft hat, ihr Leben selbst in die Hand zu nehmen, es zu verändern, Menschen zu helfen, emotionalen Schmerz zu heilen und den Weg zu Glück und Seelenfrieden zu finden. Ich weiß, dass ich eine gute Mutter bin und eine Tochter, die geliebt wird. Und ich fühle mich von Tobias sehr geliebt und bewundert, da ich frei in unserer Beziehung lebe und dennoch eine treue Seele bin. Ja, liebe Anezka, ich habe den Mann meines Lebens gefunden und führe eine komplett andere Art von Beziehung. Ich habe es geschafft, glücklich und ein geliebter Mensch zu sein. Und was meine Pläne betrifft, liebe Leser, da möchte ich mit etwas Glück und eurer Hilfe, dass aus diesem Buch ein Drehbuch und letztlich ein Film entsteht. Ich glaube fest daran, dass ich eines Tages in einem Schloss ein großes energetisches Zentrum und ein Frauenhaus eröffnen werde, wo Frauen sich wie Prinzessinnen fühlen können. Ich weiß nämlich, wie man unmögliche Dinge möglich machen kann. Deshalb bin ich mir sicher, dass ich noch viele gute Taten vollbringen kann, denn die Bezeichnung „Zigeunerhexe Stanja" ist für mich eine Berufung. Wer seine Arbeit liebt, der wird sie gern machen, denn Berufung kommt von „Beruf", von „Ruf". Ja, ich fühle mich „gerufen", wenn jemand meine Hilfe braucht. Denn wer könnte das besser wissen als ich – eine, die das Leben in so verschiedenen Facetten kennengelernt hat und der nun jeden Tag mehr gelingt. Mit Ehre und Stolz trage ich den Titel „Zigeunerhexe", denn ich glaube an Wunder. Mir sind so viele passiert, dass ich an sie glauben muss.